# Hades

The Plo

# Sisters



EDITI[ON]
AUTORENFLÜSTERIN

Ella Silver

# Impressum

Titel: Hades Sisters – The Plo
Auflage: 1
Autor: Ella Silver
Texte: Copyright Ella Silver
Cover & Lektorat: Edition Autorenflüsterin,
Übersetzer: Dr. Barbara Prill
Kapitellayoutzeichnung: Addison More
Die Autorenflüsterin
Dr. Barbara Prill
Sandhöhe 8A
21435 Stelle
www.dieautorenfluesterin.de

# Inhalt

DARK, BRUTAL UND 100%-ig NIE DAGEWESEN!!! Frisch aus den USA in voller Romanlänge!

**Die jüngste zu sein, ist Scheiße!**

Seinerzeit rettete Hades die junge Plo aus der Zwangsprostitution, nun ist sie eine der Sisters und steht doch stets im Abseits.

Sie kann weder schießen, noch mit den Messern umgehen und wird als Nesthäkchen aus allem rausgehalten.

Sie sehnt sich nach Liebe und Zugehörigkeit und fühlt sich doch einsam und frustriert.

Als bei einem Ausflug ihre Maschine streikt, läuft sie geradewegs ihrem größten Albtraum in die Arme. Statt sich ihren Schwestern anzuvertrauen, begeht sie einen Fehler nach dem anderen.

Der Auftragskiller Radjk soll das PLO-Problem endlich aus der Welt schaffen, doch die junge Bikerin bedeutet ihm plötzlich mehr als seine Killerehre.

**Bewahrt er die Sister vor dem Schlimmsten oder spielt er ein übles Spiel mit der Kleinen?**

# Inhaltsverzeichnis

»Eine Hades Sister wird im Feuer geboren, doch es obliegt ihr, ob sie darin Leben will«

Für all die Ladys, die jeden Tag beweisen, dass sie außergewöhnlich sind.

# Vorwort

*Unter meinen Schwestern werde ich nur The Kid – das Kind genannt. Denn nichts anderes bin ich in ihren Augen.*

*Im Gegensatz zu Kitty, die ein Ass mit Waffen jeglicher Art ist ... habe ich nie eine in der Hand gehalten.*

*Im Vergleich zu Bloody Mary noch nie einen Menschen getötet.*

*Und wenn ich mich mit meiner Präsidentin messen sollte, dann fehlt mir sogar Charakter.*

*Ich bin ein Freigeist ... ein Kind. Nur die Werkstatt ist mein Königreich, in dem ich schalten kann, wie ich es will. Hier kann ich zeigen, was ich Wert bin. Doch was ist eine Hades Sister, wenn sie nichts vorweisen kann, außer den Schraubenschlüssel schwingen zu können?*

*Selbst für einen Biker scheine ich als Frau nicht zu taugen, denn obwohl ich eine Affäre mit Valeric hatte, interessiert er sich plötzlich nur noch für unsere Neue. Wirklich traurig bin ich darüber allerdings auch nicht, denn obwohl ich ihn mag, empfinde ich nichts für den Sergeant at Arms.*

*Das scheint mein Los zu sein ... allein in meiner Werkstatt, um mich herum all die Maschinen meiner Schwestern.*

# Kapitel 1

## Pio

Ich hasse Houston – am meisten das Wetter. Ständig brennt die Sonne vom Himmel. Selbst die kurzen Klamotten, die kaum noch als diese zu bezeichnen sind, verschaffen keine Abkühlung.

Ich vermisse New York ... mein Zuhause, sehne mich nach kalten, regnerischen Tagen in einer überfüllten Stadt. Doch ich kann niemals zurückkehren. Sobald ich einen Fuß dorthin setze, werde ich getötet. Dessen bin ich mir bewusst. Ich habe einen großen Fehler begangen. Aus *jugendlichem Leichtsinn,* wenn man es so sehen möchte. Es gibt Menschen, wie mich, die hatten keine Wahl.

Ich habe mich nie darüber beschwert, oder mich dagegen aufgelehnt, dass das Schicksal keinen rosaroten Weg für mich geebnet hat. Nein ... ich habe schon früh begriffen, wie beschissen diese Welt ist.

Als Prostituierte habe ich knapp zwei Jahre lang mein Geld verdient ... wobei ich eher meine Schulden zurückgezahlt habe.

Ich erinnere mich heute nur noch ungern an die Zeit zurück, obwohl die Bilder ständig wie ein Film in meinem Kopf ablaufen. Zu vergessen, wer man gewesen ist, weil man vor Hunger beinahe auf der Straße gestorben wäre, ist unmöglich.

Ich bin gezeichnet und noch immer nicht frei. Hades mag mich gerettet haben, doch ich gehöre Mischka noch immer. Irgendwann wird er mich finden und die Schuld einfordern.

Der Preis für meine Flucht? Mein Tod! Jeden verfickten Tag denke ich daran. Ich warte regelrecht darauf, denn der Russe ist nicht dafür bekannt, jemanden freiwillig aus seinen Klauen zu entlassen.

Mich am wenigsten, denn ich habe ihm immer viel Geld eingebracht. Ich ... das Kind. Die Frau, das Mädchen, das für die unzähligen Penner wie ein kleines unschuldiges Ding ausgesehen hat, dem sie ihre ranzigen Schwänze in sämtliche Löcher stopfen konnten.

Väter, die Kinder zu Hause hatten. Lehrer, die täglich Unzählige davon in ihrer Obhut hielten ... ich habe alles gesehen und jeden verfickten Schwanz gelutscht, um nicht sterben zu müssen.

Dann kam Jamie ... Ob sie mir damit einen Gefallen getan hat? Je länger ich bei den Hades Sisters bin, desto mehr zweifele ich daran. Ich gehöre nicht hier her ... denn an mir ist nichts, was eine Bikerin auszeichnen könnte. Außer, dass ich Harleys reparieren kann.

Seufzend gehe ich zurück zu Ruins Maschine, die seit mehreren Tagen seltsame Geräusche und mich ratlos macht. Ich könnte einen der Black Skull Fragen, doch dafür bin ich zu stolz. Alles, was ich über die Babys meiner Schwestern weiß, habe ich mir selbst in den letzten zwei Jahren beigebracht.

Es ist nicht leicht, etwas zu finden, was mich begeistert. Leider ... Jamie meint, ich habe mich selbst noch nicht gefunden ... vielleicht hat sie damit recht. Schon oft habe ich darüber nachgedacht, es herauszufinden, denn im Grunde fängt es bereits bei Kleinigkeiten an. Wie mag ich meinen Kaffee? Lieber ein weiches Ei oder doch hart? Trinke ich gern Bier oder Wein? Oder auch beides? Wer mich fragt, wird egal auf welche Frage, nie eine eindeutige Antwort bekommen. Lieblingsfarbe? Was weiß denn ich!

Manchmal, so wie jetzt, komme ich zu dem Schluss, dass es keine Definition meiner Person gibt. Ich bin Plo, denn Angelique habe ich zurückgelassen. Sie ist begraben in den Tiefen der New Yorker Innenstadt und mit ihr all das, was mich früher ausgemacht hat.

Das süße Mädchen mit den langen Zöpfen, das mit Vorliebe über die Wiesen gerannt ist und Äpfel vom Baum stibitzt hat ... sie existiert nicht mehr.

Plo ist eine Hülle ... eine Hülle von nichts. Weder Hades noch Ruin verstehen das ... Wann auch immer meine Bedenken zur Sprache kommen, wollen sie mir Mut zusprechen, weil alles seine Zeit hat und meine noch kommen wird. *Holy crab!* Inzwischen sind zwei Jahre vergangen und nichts hat sich geändert.

Ich wünsche mir Zusammengehörigkeit und eine Prise ... Angelique. Ein Stück von mir ... nur ein winziges, kleines Stück von mir. Warum ist das so verdammt schwer?

»Guten Morgen, Süße. Ich habe dir einen Kaffee mitgebracht, weil ich dich vorhin nicht beim Frühstück gesehen habe.« Jeanne stellt den Kaffeebecher auf der Werkbank ab, bevor sie sich dagegen lehnt und mich lächelnd mustert.

»Ich hatte keinen Hunger«, antworte ich abwesend und tue so, als würde ich mir die Maschine meiner Schwester genau ansehen.

Jeanne wurde erst vor wenigen Wochen bei den Hades Sisters aufgenommen und ist somit die erste Frau, die wir seit der Gründung in unseren Reihen willkommen heißen. Noch deutlich ist zu erkennen, wer ihr beim Aufnahmeritual die Seele aus dem Leib geprügelt hat. Mary ist wirklich nicht ohne und ich bin dankbar dafür, dass mir ein solches Spektakel erspart geblieben ist.

»Bist du immer noch sauer wegen Valeric? Glaub mir, wenn ich davon gewusst hätte, dann wäre nie was zwischen uns gelaufen.«

»Hey ... um den Hals des Bikers hängt kein, *er gehört mir* Schild. Also fahr dich runter, klar? Ich bin gern in meiner Werkstatt und ich bin gern allein.« Hoffentlich versteht sie den Wink mit dem Zaunpfahl.

»Das verstehe ich ... Beides! Doch findest du nicht auch, dass du öfter mal aus der Werkstatt gehen solltest? Ich meine ja nur. Du bist so jung und versteckst dich hier.«

Himmel, Arsch und Zwirn ... wie ist sie denn drauf? »Es gibt Menschen, ich gehöre definitiv dazu, die gern mit sich allein sind. Stell dir das vor.«

Sie umrundet Ruins Maschine und hockt sich direkt zu mir. »Wiederhole ich mich, wenn ich sage: Ich verstehe es?«

Jetzt kapiere ich, was Mary immer damit meint, wenn sie sagt, dass sie sich sehr zusammenreißen muss, um nicht den ganzen Tag Ohrfeigen zu verteilen. Jeanne wäre soeben die passende Kandidatin dafür.

»Wenn du es geschnallt hast, warum bist du dann noch hier?«

»Weil ich denke, dass ich dich mögen könnte. Du strahlst mich förmlich von innen heraus an.«

Laut lachend werfe ich den Schraubenschlüssel auf den Boden, ehe ich aufstehe. »Was stimmt nicht mit dir, Mädchen?«

»Muss etwas nicht stimmen, nur weil ich gern eine meiner Schwester kennenlernen möchte?«

Ehrlich ... ich weiß nicht, was ich von dem neuen Prospect halten soll. Die Frau ist doch absolut durchgeknallt! Sie würde sich perfekt in die Gruppe um Hades, Kitty und Bloody Mary einreihen. Ruin klammere ich aus ... die VP ist speziell und erfüllt kein gängiges Muster.

»Wie dem auch sei. Es wäre schön, wenn du die Werkstatt jetzt verlässt. Ich muss arbeiten, da mir die Vize ansonsten den Kopf abhackt.«

»Schon klar. Die Baureihe der Harley hatte einen kleinen Serienfehler.« Sie beugt sich hinunter, greift zwischen die V-Twins Zylinder und bringt sie in eine andere Position, da ich sie zum Ausbau bereits gelockert hatte. »Das Baby ist sehr empfindlich, was eine kleine Gradabwanderung betrifft. Gern geschehen. Ich denke, jetzt sollte sie wieder fehlerfrei laufen.«

Sie greift sich den Schraubenschlüssel und zieht die Schrauben fest, während ich nur danebenstehe und sie beobachte.

»Woher wusstest du das?«, hake ich nach.

»Mein Vater hat eine Werkstatt für alte Motorräder und ich schraube, seitdem ich denken kann. Vieles bleibt eben über die Jahre hängen.«

Wie passend ... dann hat Hades jetzt den perfekten Ersatz für mich!

»Oh Gott ... ich scheine alles falsch zu machen, oder? Ich wollte damit nicht dein Können untergraben.«

Tja. Wäre eine passende Antwort: Ist schon okay? So, wie ich es seit zwei Jahren handhabe?

»Danke«, antworte ich lediglich und starte die Harley, die sofort ohne Murren vor sich hin bollert.

*Fuck* ... ich bin wirklich am Arsch.

»Wir trinken einen Kaffee und quatschen ein wenig?«, fragt sie ein weiteres Mal.

»Musst du nicht ans Tor?«

»Nein, ich bin erst in sechs Stunden dran. Ich hätte also eine Menge Zeit. Was meinst du?«

Nichts meine ich. Plo mit Meinung gibt es nicht. »Nimms mir nicht übel, aber ich würde gern weiterarbeiten. Es ist noch einiges liegengeblieben. Außerdem warten die meisten Ladys noch darauf, dass ich das Hades Logo auf ihren Maschinen verewige.«

»Gut, dann helfe ich dir einfach und wir unterhalten uns dabei ein wenig.«

Lässt diese Frau nie locker? *Argh* ... Am liebsten möchte ich den Mary Modus anschalten. Nur leider bin ich auch dafür nicht der Typ. Ich schlage keine anderen Menschen ... ungern jedenfalls.

Ohne ihr zu antworten, gehe ich in das kleine Büro, in dem die Folien lagern. Drei davon landen auf meinem Arm, bevor ich den Raum wieder verlasse. Jeanne hat inzwischen die Kutte ausgezogen und wartet geduldig, dass ich ihr eine Anweisung gebe.

»Ich schaffe das auch allein«, sage ich ruhig. Kann sie nicht einfach gehen? Gesellschaft und Plo sind zwei der Dinge, die nicht zusammengehören.

»Nun stell dich nicht so an. Schließlich will ich dich nicht auffressen, sondern einfach nur ein bisschen mit dir quatschen.«

Wortlos mache ich mich daran, die erste Maschine in Angriff zu nehmen. Bevor jedoch die Folie angebracht werden kann, reinige ich die Stelle, damit keine Partikel wie Staub oder Dreck zurückbleiben.

Im Anschluss ziehe ich den Schutz an einer Seite ab und beginne, die Folie vorsichtig auf dem Tank anzubringen. Jeanne sieht mir genau dabei zu, schweigt allerdings, worüber ich sehr froh bin.

Ich arbeite gern im Stillen und eigentlich auch ohne Zuschauer.

»Plo«, ruft Ruin in die Werkstatt, ehe sie jene betritt. »Wie sieht es mit meinem Baby aus?«

»Schnurrt wieder wie ein Kätzchen«, antworte ich lediglich.

»Super. Ich muss eine Kleinigkeit erledigen und brauche sie dringend. Danke Sis.«

Ruin wechselt noch einen Blick zwischen dem Prospect und mir, bevor sie mit ihrer Harley die Werkstatt verlässt.

»Die VP macht mir Angst«, flüstert Jeanne neben mir.

»Ruin? Hm ... sie ist ganz okay. Mir macht eher Mary Angst. Mit ihr möchte ich wirklich nicht in Klinsch liegen. Sie hat ihre ganz spezielle Art, mit Problemen umzugehen.«

Ich erinnere mich noch genau an den letzten Vorfall, der unter den Hades Sisters für ordentlich Aufsehen gesorgt hat. Jamie war außer sich vor Wut und hat uns mächtig zusammengefaltet, obwohl kaum jemand so viele Alleingänge startet wie Mary.

»Ja, ihr Schlag ist für eine Frau recht ordentlich«, erwidert sie und deutet zeitgleich auf den noch immer vorhandenen blauen Fleck auf ihrer Wange.

»Kitty ist auch nicht ohne, doch jetzt, da sie mit Devon zusammen ist, ist sie ruhiger geworden. Das war auch nicht immer so.«

»Sehr lustig, oder? Jede Hades Sister, die bisher vergeben ist, hat sich einen Black Skull genommen.«

Was soll ich dazu sagen? Wo die Liebe hinfällt?

Jamie und Dean, das war sowas von klar, dass sie irgendwann zusammenkommen. Kitty und Devon passen auch sehr gut zueinander, wenn es auch recht nervenaufreibend war. Und Mary hat mit Helldrok definitiv ebenfalls den richtigen Mann an ihrer Seite gefunden.

Das mit Valeric und mir ist Geschichte, doch es hatte auch kein Potential, um etwas Festes zu werden. So wird es für Plo eben keinen Black Skull geben. Wirklich traurig bin ich darüber allerdings auch nicht.

# Kapitel 2

# Radjk

»Mit besten Grüßen.« Der Standardspruch, der meinen Job beendet und mich für den nächsten freigibt.

Seit mehr als acht Jahren stehe ich unter dem Scheffel von Mischka, einem russischen Menschenhändler in New York. Warum ich ausgerechnet ihm mein Vertrauen geschenkt habe, frage ich mich seit Jahren. Er ist brutaler und skrupelloser, als ich es von meinen Landsleuten gewohnt bin. Und das bedeutet eine Menge.

Selbst ich, der sein Geld mit dem Tod anderer Menschen verdient, gerät schnell an seine Grenzen, wenn es darum geht, seine Wünsche zu erfüllen.

Mein letzter Job, den ich soeben mit einem Schnitt durch die Kehle beendet habe, besaß ein striktes

Protokoll darüber, wie der Typ leiden soll, bevor ich ihm den Gnadenschuss verpasse.

Mit dem nächsten Auftrag sieht es nicht besser aus, denn er schickt mich auf die Suche nach einer Frau. Einem Mädchen, denn mehr kann ich zu der Kleinen nicht sagen. Sie ist für ihn Anschaffen gegangen. Mit vierzehn, bis sie dann spurlos verschwunden ist. Niemand weiß, wo sie sich aktuell aufhält. Mir kam bereits der Gedanke, dass das Mädchen nicht mehr am Leben ist.

Für Mischkas Prostituierte gibt es keine Sicherheit, sobald sie auf der Straße sind. Es wäre durchaus denkbar, dass sie längst von einem Freier um die Ecke gebracht worden ist. In einer Stadt wie New York würde mich das nicht wundern.

Dennoch bin ich angehalten, herauszufinden, was mit der Kleinen passiert ist. Entweder ich finde eine Leiche oder sorge dafür, dass sie eine wird.

Echt Schade, denn sie ist so unglaublich jung und ich weiß, dass sie nicht freiwillig in den Sumpf abgerutscht ist.

Einer der wenigen Punkte, durch die mein Job einen bitteren Beigeschmack erhält. Frauen und Kinder sind tabu ... jedenfalls waren sie das bis vor ein paar Jahren.

Ich wünschte, ich könnte das Arrangement rückgängig machen. Nur schnell die Zeit zurückdrehen und auf die Rache verzichten, die ich nur dank Mischka nehmen konnte.

Bevor ich die alte Lagerhalle verlassen kann, greife ich mein Handy und schreibe dem *Cleaner* eine kurze Nachricht, damit er sich um alles Weitere kümmern kann, während ich mich verpisse.

Ich erwähnte ja bereits, dass der Russe ein striktes Protokoll bevorzugt. Böse bin ich darum nicht, denn das erspart mir eine Menge Arbeit, die ich ohnehin nie gern übernommen habe.

Nachdem die Nachricht raus ist, sammele ich mein Spielzeug ein, verstaue es in der Tasche und verschwinde endlich.

Sobald ich im Hotel bin, werde ich nach der Kleinen suchen. Allerdings habe ich keinen Schimmer, wo genau ich anfangen soll. Viele Informationen konnte mir Mischka nicht geben, sodass ich wahrlich die Nadel im Heuhaufen suche. In New York, wenn die Kleine denn noch lebt, wird sie nicht mehr sein. Dessen bin ich mir sicher. Doch wie kommt ein Mädchen mit sechszehn aus dem Sumpf, ohne Hilfe? Denn dass sie welche hatte, steht für mich außer Frage.

Ich kenne sie, denn ich bin es damals gewesen, der sie mit vierzehn aus dem Zimmer getragen hat, nachdem sie vergewaltigt wurde. Und ich war es auch, der sich um ihre Wunden gekümmert hat.

Angelique ist zierlich, klein und sehr introvertiert, was allein ihrem jungen Alter geschuldet ist. Mädchen wie sie, laufen nicht einfach davon. Und wenn doch ein Freier im Spiel war? Sie könnte sich verliebt haben und er hat sie mitgenommen.

Um das zu überprüfen, muss ich mich in den Hauptrechner der Stadt klinken und im Archiv nach den Aufnahmen Ausschau halten. Es ist nichts Neues, dass New York ein weit ausgebreitetes Netz aus tausenden Sicherheitskameras besitzt.

Für die Bürger der Stadt werden sie zwecks Verkehrsaufzeichnung angepriesen, doch jeder normaldenkende Mensch weiß, was sie wirklich damit beabsichtigen. Die totale Kontrolle und das gelingt ihnen bereits mühelos.

In meinem Fall ist es sogar recht hilfreich, denn ich erhoffe mir so, herauszufinden, in welche Richtung ich suchen muss.

Ich werfe meine Sache in den Camaro und steige ein. Bis zum Hotel ist es nicht weit. Vorab schicke ich Mischka noch das Video, dass ich aufnehmen sollte.

Leider muss ich mich an die Spielregeln halten, denn ansonsten stehe ich am Ende ohne Kohle da.

Selbst die Recherchen nach der Kleinen bleiben unbezahlt, bis ich sie nach New York geschleppt oder getötet habe.

Ich starte den Wagen und fahre vom Gelände, um mich in den trägen Verkehr der Innenstadt einzufädeln. Wenn ich könnte, würde ich auf den Wagen verzichten und mehr mit der Masse verschwimmen. Aber wie sieht ein Auftragskiller aus, der nur U-Bahn nutzt? Es fällt mit Sicherheit niemanden auf, wenn meine Klamotten blutverschmiert sind – *Ironie off.*

In Russland, meiner Heimat war das anders, bis ich mich entschlossen habe, nach Amerika auszuwandern. Meine Eltern waren so stolz auf mich und jetzt? Wüssten sie, womit ich mein Geld verdiene und sie finanziere, würden sie mich nicht mehr mit dem Arsch ansehen.

Ganz ehrlich ... so war es nie geplant. Ich bin wirklich mit ernsten Absichten in die Staaten gekommen, doch man lernt schnell, worin seine Fähigkeiten bestehen.

Meine habe ich in einer regnerischen Oktobernacht gefunden, nachdem ich meine Arbeit in einem Schnellrestaurant beendet hatte und auf dem Weg nach Hause war.

Ohne Mischka, der mir das Leben gerettet hat, würde ich wie die meisten meiner Opfer in einem stillen Grab liegen.

Er war es, der mir eine zweite Chance gegeben und mich ausgebildet hat. Ich stehe in seiner Schuld, doch alles hat seine Grenzen. Meine überschreite ich immer mehr und dehne sie ins Unermessliche. Die kleine Angelique ist das beste Beispiel dafür.

Sie gehört zu den Menschen, die keine Schuld daran tragen, dass sie in die Abwärtsspirale geraten sind. Dennoch muss sie den Preis zahlen, den Mischka dafür bestimmt hat.

Am Hotel angekommen, überlasse ich es dem Personal, den Wagen in die Garage zu bringen, während ich mich auf mein Zimmer zurückziehe.

Ich will das Thema mit der Kleinen so schnell wie möglich abschließen, damit ich wieder ruhig schlafen kann. Wobei ich glaube, dass es danach nie wieder so sein wird wie früher. Eine Frau stand einfach nicht im Protokoll. Niemals.

Oben angekommen, werfe ich die Tasche auf das Bett und schnappe mir den Laptop. Während er hochfährt, nehme ich mir ein kühles Bier aus der Minibar.

Im Gegensatz zu den meisten Mitarbeitern von Mischka bleibe ich lieber für mich allein. Ich mag das Gesocks nicht, welches ihn umgibt. Möchtegern Dealer, Zuhälter und ranghohe Politiker. Jeden Abend, die gesamte Woche über, sitzen sie in ihrem Kabuff und loben sich hoch, dass es nur so den Putz von den Wänden rieselt.

Allesamt sind sie kleine, dreckige Wichser, deren ich nur allzu gern die Kehle aufschlitzen möchte. Das wäre mir lieber, als der Kleinen wehzutun.

Schon mehrfach habe ich darüber nachgedacht, wie ich ihr das Schicksal erspare und stattdessen eine Finte konstruiere, damit der Russe zufrieden ist.

Angelique ist so unglaublich jung und unschuldig. Ich finde, sie hat genug gelitten, indem sie als Kind bereits Anschaffen musste. Das Klientel von Mischka ist mir gut bekannt und selten habe ich die dreckigen, schmierigen Kinderficker nicht dabei verwünscht, während sie sich die kleinen Jungs und Mädchen ins Zimmer geholt haben.

Eine Nische, wie er immer sagt. Und leider hat er damit recht. Er holt die Kinder von der Quelle und versorgt die Eltern mit ausreichend Kohle, sodass sie keine Fragen stellen und falls doch, bin ich es, der sie zum Verstummen bringt.

Jeden Abend, wenn New York vermeintlich schlafen geht, werden die Kinder aus ihren Unterkünften geholt, in ein Zimmer gebracht, indem sie alten, fetten Säcken als Lustobjekt dienen.

Erst vor einer Woche ist ein Junge, mit gerade einmal zehn Jahren, an seinen schweren inneren Blutungen daran verreckt.

Ich hasse mich dafür, dass ich die Augen verschließe und so tue, als ginge mich das alles nichts an. Ein erwachsener Mann, mit halbwegs normalen Moralvorstellungen, sieht einfach weg. Wie viele von ihnen hätte ich retten können? Und dennoch habe ich es nie getan. Ich habe neben Mischka gesessen und dem Treiben zugesehen. Zu oft ...

Angelique könnte ich retten. Eine von vielen. Es geht nicht um Ehre, denn die besitze ich nicht mehr. Auch nicht darum, dass ich den Russen als meinen Führer ansehe. Nein ... hier geht es einzig um mich allein. Ich möchte aus diesem Kreis ausbrechen und nicht länger das sein, was er aus mir gemacht hat.

Ja, meine Entscheidung, ihm zu Diensten zu sein, entsprang anderen Gründen. Damals, nach der Nacht wollte ich nur noch Rache. Ich wollte nicht mehr klein und verletzlich sein. In dieser Nacht hätte ich alles getan und jetzt? Jetzt verabscheue ich meine Schwäche, die mich zu ihm geführt hat. Ich war blind und dumm, habe alles über mich ergehen lassen. Selbst die Wut, die schon bald verraucht war, konnte er immerzu weiter schüren, weil ich es zugelassen habe. Ich war schwach ... ein Witz. Dafür wird es niemals eine Entschuldigung geben. Nie.

Mit dem Bier setze ich mich an den Tisch, um endlich mit der Suche zu beginnen. Das System der Stadt ist schnell gehackt. Den passenden Tag zu finden ist da um einiges schwieriger, denn alle

Dateien sind nur mit Nummern versehen, die ein schnelles Ausfindigmachen unmöglich gestalten.

So viel zum Thema: Es ist ein Leichtes. Seufzend stelle ich das Bier ab und suche nach einem Muster. Zwei Jahre sind kein Pappenstiel. Immerhin sprechen wir von mehr als tausend Aufnahmen pro Tag.

Vielleicht hätte ich mir lieber einen Kaffee, anstatt des Bieres nehmen sollen, denn so wie es aussieht, werde ich noch viel Spaß bei der Suche haben.

# Kapitel 3

# Plo

Was ich auch versuche, ich werde Jeanne nicht los. Ständig schwirrt sie um mich herum und quält mich mit ihren Selbstgesprächen, denn eine Antwort erhält sie meinerseits zumeist nicht. Einzig die Zeit, in der sie im Wachhaus sitzt, so wie jetzt, gibt mir ein wenig Freiraum.

Ich überlege krampfhaft, wie ich sie loswerden kann. Leider habe ich bis jetzt keine passende Idee ausgegraben. Sie töten kann ich schlecht, denn das würde Hades nicht passen. Wahrscheinlich stelle ich mich dafür auch zu dämlich an.

»Magst du deine neue Freundin nicht?« Ruin, die stets ein Auge auf jede Hades Sister hat, entgeht nichts. Sie ist wie der Klebstoff, der uns zusammenhält. Es wundert mich also nicht wirklich, dass sie die Situation mit Jeanne so schnell erfasst hat.

»Sie nervt ganz schön«, antworte ich ehrlich und ernte sofort einen mahnenden Blick.

»Dir würde es guttun, ein bisschen mehr unter die Mädels zu kommen, Plo. Du bist immerzu allein und verkriechst dich hier.«

»Es gibt Menschen, die sind gern allein, Ruin. Selbst wenn du es nicht glauben kannst. Mir macht das nichts aus. Außerdem bin ich ja nicht ganz allein.« Ich deute auf die umherstehenden Maschinen meiner Schwestern.

»Also wenn du jetzt noch anfängst, eine Harley zu vögeln, dann mache ich mir wirklich Sorgen um dich, Kleines.«

Lachend lege ich den Schraubenschlüssel ab und gehe auf sie zu. »So weit wird es nicht kommen, keine Angst. Aber ich meine das ernst, VP. Ich bin gern allein und hänge meinen Gedanken nach. All die Jahre auf der Straße hätte ich mir diese Ruhe gewünscht. Ich brauche das, um mich mit mir auseinanderzusetzen.«

Ruin packt mich am Oberarm und zieht mich in die Sonne. Tageslicht und Plo ... keine gute Kombi. Am liebsten würde ich wie ein Vampir die Zähne fletschen und fauchen.

»Wir sind, was wir sind, Kleines. Ganz gleich, welche Frau du dir ansiehst, jede hat etwas, das sie besonders macht. Auch du bist besonders ... das darfst du nicht vergessen.«

Natürlich. So außergewöhnlich, dass mich jeder ausschließt. Klasse.

»Hades liebt dich wie eine Schwester. Nimm es ihr nicht übel, dass sie dich aus den schlimmen Sachen raushält. Oder willst du dir wirklich Kitty und Mary zum Vorbild nehmen?«

Ich werfe einen Blick zu Mary, die soeben von einem Auftrag zurückkehrt. Als Vollstreckerin hat sie in den letzten Tagen viel zu tun, denn wir kämpfen gegen eine Drogenküche, die sich rasant auszubreiten scheint.

»Ein bisschen schon. Sieh sie dir an. Sie ist einfach toll. Mary strahlt Selbstvertrauen und Stärke aus. Was ist mit mir? Was habe ich?«

Ruin sieht mich ruhig an, bevor sie lächelt. »Manchmal braucht es etwas, bis die wahren Eigenschaften herausgekitzelt werden. Du bist noch so verdammt jung und kannst dir damit Zeit lassen.«

Ich bin jung und dennoch verbraucht. Das vergessen alle dabei. Als Kind der Straße, als Prostituierte ... als Abschaum.

»Vergiss es, Ruin. Ich weiß, was ich bin und vor allem, was ich nicht bin. Ihr seht alle nur das Alter, doch nicht, dass ich mindestens für drei Menschen gelebt habe. Kitty hat sich verändert, Jamie, Mary, selbst du bist mit dem Erlebten gewachsen. Und ich? Sieh mich an? Ich bin für jeden nur ein Kind.«

»Das stimmt nicht, Plo. Wir sehen dich nicht als Kind. Vielleicht ein bisschen, aber nicht ausschließlich. Jede Hades Sisters hier ist dankbar dafür, dass du da bist. Du hegst und pflegst unsere Babys, findest du nicht auch, dass das ein sehr verantwortungsvoller Job in unseren Reihen ist?«

Kopfschüttelnd sehe ich auf den Boden. »Ich möchte mehr sein, Ruin. Nicht einfach nur Plo, die Schrauberin. Kannst du dich an Hades Aufruf erinnern? Was davon passt denn auf mich? Ich kann nicht schießen! Mit Messern umgehen schon gar nicht. Kämpfen? Ich schlage nicht mal eine Fliege tot. Ficken wie Vaterlandsliebe? Nein! Nichts, absolut nichts zeichnet mich als Hades Sister aus.«

Ich merke Ruin an, dass sie allmählich begreift, was in mir vorgeht.

»Und wie soll sich das deiner Meinung nach ändern, Plo? Würdest du dich besser fühlen, wenn wir die eine Waffe in die Hand drücken oder dich als Nahkämpferin ausbilden? Mit Sicherheit würden wir das jederzeit bewerkstelligen können, doch macht es dich wirklich glücklich, Kleines?«

Wie oft habe ich mir die Frage ebenfalls gestellt. Was würde mich glücklich machen? Inzwischen weiß ich nicht, ob es diesen Zustand in meinem Leben jemals geben wird. Vielleicht ist es das Schicksal, welches mir zugedacht wurde. Das unglückliche Schwarze Entlein, das fortwährend allein auf dem See herumschwimmt.

»Es gibt darauf keine ehrliche Antwort, VP. Wahrscheinlich wird es sie nie geben.«

»Bring dich unter die Mädels und finde es heraus. In der Werkstatt wird dir das Leben nicht über den Weg laufen, das kannst du mir glauben, Kleines.«

Sehnsuchtsvoll sehe ich auf meine Harley. Ich habe sie von einem Schrottplatz in der Stadt geholt. Die *Harley-Davidson Softail Breakout mit dem Milwaukee-Eight Motor* ist ein Klassiker, den der Vorbesitzer nicht zu schätzen wusste. Es bedarf nur ein wenig Liebe und Zeit, um sie wieder auf Vordermann zu bringen.

»Nimm dir eine Auszeit und mach das, was eine Bikerin machen würde, wenn sie mit ihren Gedanken nicht weiterkommt. Motorrad fahren, Plo.«

»Sie ist noch nicht so weit«, widerspreche ich.

»Worauf wartest du dann? Dass sie dir jemand fertig macht?«

Ich schüttele zur Antwort den Kopf.

»Schieb sie in die Werkstatt und sieh zu, dass du sie fertigbekommst. Die anderen Mädchen können ruhig ein paar Tage auf ihr Emblem der Schwestern warten. Du musst auch an dich denken, Süße. Damit fängst du an. Und keine Ausreden mehr, denn das war ein offizieller Befehl deiner VP.«

Ruin schubst mich regelrecht auf die Maschine zu, während sie grinst.

Dort angekommen, gleite ich mit den Fingern über den ausgeblichenen Lack des Tanks. Ich habe keine Ahnung, was dem Baby fehlt, denn seitdem ich sie mitgenommen habe, steht sie nur auf dem Hof.

Das Lackieren ist keine große Sache und schnell erledigt. Aber was hat sie noch? Vieles wirkt verrostet und nicht gut gepflegt. Etwas, dass ich beim besten Willen nicht verstehen kann. Diese Maschinen sind teuer und kein Garagenmodell. Wer sich ein solches Bike holt, der weiß normalerweise, was er will.

Vorsichtig löse ich den Ständer, um die Harley zu bewegen. Ich mit meinen knapp 50kg und eine Maschine, die sechs Mal so viel wiegt wie ich. Dass die Räder inzwischen Luft verloren haben, macht es nicht gerade leichter. Dennoch kämpfe ich mich bis zur Werkstatt vor.

»Na dann wollen wir mal sehen, was dir fehlt und warum dein Besitzer dich nicht mehr wollte.«

Eine mühselige Arbeit beginnt, denn ich muss das Baby bis auf den Rahmen auseinanderbauen, jedes Teil reinigen, welches von der Witterung angegriffen wurde und hoffen, dass ich so schnell den Fehler ausmachen kann.

Im Gegensatz zu einem Wagen ist es dennoch Spielerei. Gesetz den Fall, ich brauche keine Ersatzteile. Die aufzutreiben wird wohl eher ein Problem.

»Hey, Kleines.«

Kaum dasd ich den Schlüssel angesetzt habe, kommt Valeric in die Werkstatt. »Möchtest du etwas bestimmtes? Ich habe keine Zeit, also beeil dich.«

Ich bin ihm nicht böse ... gut ein bisschen. Die Art und Weise, wie er mich abserviert hat, war nicht die feine englische Art.

»Ich wollte nach dir sehen, weil du seit Tagen jedem aus dem Weg gehst.«

Am liebsten möchte ich mit dem Kopf auf eine Tischplatte schlagen. »Mir geht es gut, okay? Ich bin gern allein. Wer, wenn nicht du, sollte das am besten wissen?«

»Vielleicht habe ich gedacht, dass du sauer auf mich bist. Ehrlich ... ich möchte kein Theater, wie es zwischen Mary und Helldrok gab.«

Seufzend stehe ich auf und gehe geradewegs auf ihn zu. »Ich sage dir das nur einmal, denn ich bin kein

Mensch für Wiederholungen. Wir hatten Spaß und das war es auch. Ich bin überhaupt nicht sauer oder irgendetwas anderes. Warum denkt das nur jeder von mir? Ich mag es einfach nur, meine Ruhe zu haben. Mehr nicht.«

»Also wirst du mich nicht abschlachten?«

Oh, man. Am besten hänge ich mir ein Schild um den Hals. »Nein, das obliegt den richtigen Hades Sisters und nicht mir. Dann hättest du eher mit Kitty oder Mary schlafen müssen, wenn es dir nach dem Tod dürstet.«

Ich wende mich bereits ab, doch Valeric packt mich am Arm und hält mich zurück. »Du bist ein toller Mensch, Plo. Vergiss das nicht. Es tut mir echt leid, dass du den Eindruck bekommen hast, dass ich dich ausgenutzt habe. Das lag niemals in meinen Intentionen.«

Vorsichtig winde ich mich aus seinem Griff. »Das hast du nicht. Also mach dir darum keine Gedanken. Wir hatten ein bisschen Spaß, doch mehr wäre es auch nie geworden. Ich bin nicht der Typ für etwas Festes, okay? Und das meine ich ernst. Ich bin viel lieber allein mit den Harleys. Und jetzt nerv mich nicht weiter, ich habe einen Auftrag von Ruin bekommen, dem ich nachkommen sollte, bevor die Vizepräsidentin mich killt.«

Lachend drückt er mir einen Kuss auf die Stirn und geht. Ich mag ihn, keine Frage, doch es ist nicht vergleichbar mit dem Band, das die anderen drei meiner Schwestern geknüpft haben. Jeder hier spürt die Verbindung, die alle drei innehalten. Irgendwann wird auch der Richtige für mich kommen. Im Moment jedenfalls brauche ich es nicht. Männer machen das Leben komplizierter und ich habe schon mit meinem eigenen genug zu kämpfen.

Zuerst müssen Angelique und Plo zueinanderfinden, bevor ich mich auf die Suche begebe oder gefunden werden will. Wenn das Schicksal jedoch der Meinung ist, dass meine Zeit gekommen ist, dann hoffe ich sehr, dass es kein Black Skull sein wird.

Ich begebe mich zurück an die Maschine und nehme sie auseinander. Etwas, dass mich erdet und mich beruhigt. Vielleicht liegt Ruin ja gar nicht so verkehrt mit ihrer Annahme, dass ich materialistischen Sex vorziehe. *Oh, Gott bewahre.* Ich kann mir nicht einmal vorstellen, wie eine Maschine sexuelle Lust befriedigen könnte. Höchstens vielleicht mit einem Dildo auf dem Sitz.

# Kapitel 4

## Radjk

Ich bin ein Genie, denn es ist mir wirklich gelungen, die Kleine ausfindig zu machen.

Nach Stunden auf dem Server habe ich entdeckt, was jedem bisher verborgen geblieben ist. Nämlich die Frau, die Angelique von der Straße geholt hat. Dank der Kutte, die sie als Vollstreckerin eines New Yorker Clubs ausgewiesen hat, konnte ich meine Rückschlüsse ziehen und weitere Recherchen anknüpfen.

Hades, besser gesagt Jamie, ist die Tochter eines Bikerpräsidenten aus Houston. Sie ist in Bikerkreisen aufgewachsen, bis sie das Zepter ihres Daddys wollte. Doch der hatte vorgesorgt und ihr einen Mann vor die Nase gesetzt, der die Black Skull übernommen hat. Das gefiel ihr nicht, also ist sie nach New York geflüchtet und hat dort zwei Jahre darum gekämpft, ihren eigenen Club aufzubauen.

Jetzt lebt sie in Houston und führt die Hades Sisters. Einen MC bestehend einzig aus Frauen. Wie eine Frau wie Angelique da rein passt ... keine Ahnung. Jedenfalls ist sie eine davon, weshalb sie auch vom Raster verschwunden ist. Unter dem Dach des MCs konnte sie sich perfekt verstecken.

Ich bin inzwischen seit drei Tagen in Houston und lasse die Kleine nicht aus den Augen, was mitunter schwer ist, denn die Hades Sisters sind gut organisiert und erlauben kaum einen fremden Zugriff. Noch dazu, weil sich das Gelände der Black Skull direkt daneben befindet.

Das erschwert mir meine Arbeit immens, denn Plo, wie sie von ihren Schwestern genannt wird, verlässt den Club nicht. Es gibt auch keine Möglichkeit, sie vom Hof zu locken, denn die Schrauberin hält keinen wesentlichen Posten inne.

Ich hatte gehofft, dass sie vielleicht eine Runde mit ihrer Maschine dreht, doch auch das macht sie nicht.

Mischka habe ich nur sporadisch von meinen Ergebnissen berichtet. Er muss nichts genaues wissen, also habe ich ihn mit einem eventuell abgespeist. Ich werde das auf meine Art lösen, von der ich noch keinen Schimmer habe, wie genau die aussehen wird. Denn ... Plo ist, jetzt, da ich sie gesehen habe, noch schutzbedürftiger als angenommen. Sie verdient solch einen Abtritt nicht.

Doch wie soll ich den Russen überzeugen, dass sich das Problem geklärt hat? Einfach behaupten, sie sei unauffindbar? Das wird er mir nicht glauben. Auch sie vermeintlich zu töten und ihm ein Bild schicken scheidet aus. Er würde darauf bestehen, dass sich der *Cleaner* dem annimmt. Was soll ich ihm dann präsentieren?

Ich bin verdammt ratlos, denn mir will nichts einfallen. Gar nichts.

Die Tatsache, dass sie eine Frau ist, ist dabei das vermeintlich kleinere Übel, denn Angelique ist keine normale Frau mehr. Sie ist ein MC-Mitglied. Eine Bikerin, die einen starken Club im Rücken hat. Weder die Sisters noch die Black Skull werden ihren Tod einfach hinnehmen.

Ich kenne mich nicht gut genug aus, doch wenn ich etwas über diese Art von Zusammenkunft weiß, dann dass sie mit viel Brutalität zurückschlagen.

Erst letztens sollen die Hades Sisters für den Tod von Kartellboss Salazar verantwortlich gewesen sein. Das stelle sich einer vor! Frauen haben den mächtigsten Mann Mexikos einfach getötet. Das sagt viel über die Vereinigung aus, die durch diese Hades ins Leben gerufen worden ist.

Auch die Geschichten, die in der Stadt kursieren, bringen mich zum Aufhorchen. Die Bikerinnen sind gefährlich und sollten nicht unterschätzt werden. Vielleicht irre ich mich auch und die Kleine hat durchaus mehr Pulver, das sie verschießen könnte.

Doch bei all meinen Gedanken darf ich meinen Boss nicht vergessen. Wenn er nicht bald Ergebnisse auf dem Tisch liegen hat, bin ich geliefert.

Ich kenne meine Grenzen und offenbar scheinen sie hier erreicht. Die Kleine ist aus meinem Wirkungskreis entschwunden.

Es wäre das Beste, die Heimreise anzutreten und Entschuldigung großer Meister zu brüllen. Dann ist Angelique eben nicht mehr am Leben. Dumm nur, dass all die Kontakte, die ich für solchen Verrat brauche, Männer von Mischka sind. Jeder davon würde mich ohne mit der Wimper zu zucken an den Russen ausliefern. Im Anschluss schickt er einfach einen anderen Schlächter und die Kleine ist Geschichte.

Ich kann Angelique so gut verstehen, denn auch ich bin nicht freiwillig in diesen Kreislauf getreten. Auch ich habe mich mit einem falschen Versprechen locken lassen. Jetzt löffele ich die Suppe dafür aus, ohne die Chance, mich jemals von Mischka zu lösen.

Ich bin mir sicher, dass der Russe nur meinen Tod im Sinn hat, sollte ich seine Kreise verlassen wollen.

Flucht? Gern ... doch wohin? All mein Wissen, meine Kontakte, meine Pässe ... alles kommt von dem Mann, dem ich entfliehen möchte.

Nach Russland kann ich ebenfalls nicht zurück, denn Mischka besitzt meinen richtigen Pass. Welche Optionen habe ich noch?

Richtig! Ich werde warten, bis die Kleine vom Gelände fährt und sich mir eine Gelegenheit bietet. Ganz gleich, wie lange ich darauf auch warten muss. Ihr Tod ist die einzige Antwort, auf all meine Überlegungen.

Und wie es aussieht, muss ich das gar nicht mal so lang. Ich erkenne sofort die zierliche Gestalt auf der schweren Harley, die das Gelände der Sisters in Richtung Autobahn verlässt.

Augenblicklich folge ich ihr. Das ist ein verdammter Glücksgriff, den ich keinesfalls ungenutzt lassen kann. Als ob Gott selbst mich erhört hat. Die Frage ist nur, für welche Seite er sich entschieden hat.

Angelique steuert auf eine Ortsumgehung, statt auf die Bahn. Es wird immer besser. Das ist mein Glückstag ... jedenfalls noch. Ich werde es einfach schnell erledigen. Ein schneller Genickbruch ohne viel Leid. Zumindest das hat sie verdient. Das werde ich mühelos erklären können, denn Mischka hatte etwas ganz anderes für sie im Sinn.

Die Maschine vor mir gerät ins Straucheln und ruckt mehrere Male, bevor sie ausgeht und die Kleine sie ausrollen lässt.

Wer kann jetzt nicht mehr an ein Wunder glauben? Alles passt perfekt.

Ich schalte die Warnblinkanlage ein und steige aus, während Angelique vor mir flucht und zum Schraubenschlüssel greift.

»Kann ich dir helfen, Kleines?«, frage ich vorsichtig, um einen Grund dafür zu liefern, mich ihr zu nähern. *Nur ein kurzes Knick Knack und die Sache ist vom Tisch, Radjk.* Warum fühlt es sich dann so beschissen an?

Ihre grünen Augen mustern mich, bevor sie sich erhebt.

»Na klar. Du kannst dich verpissen. Ich habs nicht so mit Fremden!«

Ihre Ansage ist klar. Insbesondere dank des riesigen Werkzeuges in ihrer Hand. Sie mag kleiner sein, doch der Vorteil liegt deutlich auf ihrer Seite.

»Ich wollte nur nett sein«, sage ich schnell und nähere mich weiter.

»Aber ich bin nicht nett. Also verschwinde. Ich brauche keine Hilfe.«

Sie wendet sich von mir ab, um der Ursache des Absterbens des Motors auf den Grund zu gehen.

Ich hadere ... denn in Wirklichkeit will ich ihr das Leben nicht nehmen. Nicht so ... sie hat etwas Besseres verdient und nicht den schnell Tod auf einer Landstraße.

»Wenn wir es schnell zusammen machen, dann kannst du gleich weiterfahren. Ich bin nicht der Typ dafür, eine Frau hier draußen allein zu lassen.«

Skeptisch hebt sie die Augenbrauen. »Weißt du, wer ich bin?«

Oh ja, das weiß ich sogar sehr genau. Ich kenne alles von dir. Angefangen von deiner Kindheit, über dein Leben als Prostituierte bis jetzt.

»Eine Bikerin, die Probleme mit der Maschine hat?«, antworte ich ruhig.

»Ich bin eine Hades Sister und du solltest zusehen, dass du dich jetzt ganz schnell verkrümelst, bevor ich meinen guten Umgangston vergesse.«

Immer mehr kommt mir der Gedanke, ob ich sie nicht doch unterschätze.

»Es interessiert mich nicht wirklich, wer du bist. Wie schon gesagt, ich wollte nur nett sein. Hier draußen festzusitzen, finde ich, gelinde gesagt, beschissen. Wer weiß, wann das nächste Auto vorbeikommt.«

Sie richtet sich auf und kommt drohend auf mich zu. Gott, die Kleine ist so zierlich und winzig, dass ich immer mehr vergesse, was ich eigentlich hier will.

Vor mir bleibt sie stehen, sieht mir direkt in die Augen, was ihr nur gelingt, weil sie den Kopf weit in den Nacken legt. Die grünen Augen verbergen nicht, welch Kummer darin gefangen liegt und von dem ich im Bilde bin.

»Da ist dein Wagen, in den du dich jetzt setzen wirst und mich allein lässt. Hast du mich verstanden? Eine weitere Warnung erhältst du von mir nicht, Bro.«

Erneut wendet sie sich von mir ab.

Ich spreche ein kurzes Gebet, bevor ich sie in den Schwitzkasten nehme und an meinen Körper ziehe.

Angelique wehrt sich, tritt und schlägt nach mir mit all ihrer Kraft.

»Ich wünschte, ich hätte nie den Auftrag bekommen, dich zu töten. Mischka ist ein Arschloch und das hier hast du nicht verdient«, flüstere ich ihr ins Ohr.

Angelique wird still, das Röcheln nimmt allmählich ab ... doch ich habe nicht damit gerechnet, dass die Kleine so tough ist und zum Gegenschlag ausholt.

Ich sehe den Schraubenschlüssel kommen, doch ich bin machtlos gegen die Wucht, die auf meinen Schädel donnert.

# Kapitel 5

## P|O

Hustend und nach Luft ringend, sinke ich auf den heißen Asphalt. *Holy crab!* Der Typ wollte mich umbringen und fast wäre es ihm gelungen.

*Fuck. Fuck. Fuck.* Mischka ... er hat mich nicht vergessen.

Meine Lungenflügel schmerzen höllisch, doch ich rappele mich auf, um zu dem Mann zu gehen, der neben seinem Wagen liegt. Vorsichtig fasse ich an seinen Hals, um zu überprüfen, ob er noch lebt.

Schade ... ich hätte fester zuschlagen sollen, denn ich habe ihn nicht getötet.

Vorsichtig gehe ich an ihm vorbei und öffne den Kofferraum. *Damn.* Der Typ war auf alles vorbereitet. Kabelbinder, Klebeband, blaue Säcke und was im Koffer ist, weiß ich auch ohne nachzusehen.

Schnell nehme ich drei Kabelbinder, verknüpfe sie miteinander und fessele den Arsch, bevor er wieder aufwacht.

Anschließend wuchte ich den schweren Männerkörper zum Wagen und stopfe ihn auf die Rücksitzbank. Warum zum Teufel müssen diese muskelbepackten Kerle nur drei Zentner wiegen?

Völlig abgekämpft eile ich zur Harley zurück, ehe ich sie auf die andere Straßenseite schiebe, um sie hinter etwas Gestrüpp zu verstecken.

Was mache ich jetzt mit dem Kerl? Panisch sehe ich mich um, kann jedoch nur eine alte, verlassene Scheune entdecken.

Kurzerhand steige ich einfach ein und starte den Wagen. Oh Gott, ich bin noch nie zuvor ein Auto gefahren. Alles, was ich kann, ist, eine 300kg Harley sicher steuern.

Zum Glück kommt mir niemand entgegen, denn die Schlangenlinien sprechen für sich. Dennoch erreiche ich unbeschadet die Scheune am Feldrand.

Ich sollte Hades rufen oder Mary ... ach was weiß denn ich. Allein dürfte ich mich nicht einem Auftragskiller annehmen, der nur meinetwegen geschickt worden ist. *Fuck!* Wie konnte Mischka das herausfinden? Nichts, absolut nichts hat darauf hingedeutet, dass ich mich in Houston verstecke.

Offenbar machen diese Jungs ihre Arbeit gut und ich meine schlecht, denn wenn ich aufgepasst hätte, wäre das hier niemals passiert. Allein der leicht russische Akzent ... Ich bin so dumm!

Noch bescheuerter ist es, den Mann in die Scheune zu zerren, und ihn an einem Stuhl festzubinden, bevor ich den Wagen verstecke und ein paar seiner Spielsachen mitnehme.

Ich bin wie ferngesteuert und absolut unzurechnungsfähig, wie mir der Blick in den Koffer aus dem Wagen beweist.

Messer, Skalpelle und was weiß ich noch alles. Ich will ihm wehtun ... ja das will ich. Mehr als alles andere auf dieser Welt will ich dem Typen zeigen, wer ich bin.

Doch, wer bin ich? Bin ich eine Kitty oder eine Bloody Mary? Nein ... ich bin Plo, die Schrauberin und Kassenwartin der Hades Sisters. The Kid ... das Kind in ihren Reihen. Ich habe noch nie einem Menschen wehgetan ... mit Ausnahme von eben.

Verdammte Scheiße! Das überfordert meinen Horizont. Ich muss meine Schwestern anrufen, nur sie wissen, was jetzt zu tun ist. Denke ich ...

Der Mann stöhnt leicht, sodass er sich meine Aufmerksamkeit sichert. Durch die Platzwunde am Kopf sickert immer mehr Blut, welches auf das weiße Shirt tropft.

Wenn ich ihn mir so ansehe und zulasse, an die Zeit in New York zu denken, dann glaube ich, dass ich ihn kenne. Doch im Augenblick weiß ich nicht, wo ich ihn hinstecken soll. Mischka hat viele Schergen wie ihn. Ein Auftragskiller für jeden Feind hat er immer herausposaunt.

Ich weiß nicht, was ich tun soll. Verdammt. Was würden meine Schwestern in meiner Situation machen?

Unüberlegterweise tippe ich ihn einfach nur an, wodurch er wieder stöhnt.

»Hey du Wichser, wach auf«, sage ich, doch es hört sich nur an wie ein leichtes Fiepen. *Holy crab.* Ich bin eine Vollversagerin und nicht würdig, eine Hades Sister genannt zu werden.

»Dein Schlag ist mega, Kleine«, stöhnt er, ehe er sich schüttelt.

»Wer bist du?«, hake ich nach. Lustigerweise halte ich noch immer meinen Schraubenschlüssel in der Hand. »Jetzt sag schon ... oder ... oder ... ich schlage dich ein weiteres Mal.«

Lachend hebt er den Kopf und sieht mich an. Schade, denn mein Schlag hat offenbar nicht die Wirkung erzielt, die ich gehofft hatte. Gut ... ja, das war mir schon vorher bewusst.

»Ich bin Radjk. Du musst mich nicht wieder mit dem Ding außer Gefecht setzen.«

»Was willst du?« Plo ... dein Ernst? *Damn* ... du blöde, dumme, bescheuerte Kuh. Er hat ja nicht vor zehn Minuten gesagt, dass er dir die Radieschen von unten zeigen will.

»Mischka hat den Auftrag erteilt, dich zu töten, Mädchen. Hast du vergessen, dass seine Rechnungen immer beglichen werden müssen?«

Ich schüttele den Kopf. Nein, ich habe Mischka nicht vergessen und auch nicht, wie der Russe vorgeht.

»Nein ... Weiß er, wo ich bin? Ist er in der Nähe?«

Radjk schüttelt den Kopf, merkt allerdings schnell, dass es keine gute Idee ist. »Nein, ich habe ihm nicht gesagt, wo ich dich gefunden habe. Bis vor wenigen Minuten habe ich noch gehadert, den Auftrag überhaupt auszuführen.«

Natürlich! Und das soll ich ihm glauben. »Willst du mich verarschen? Dafür, dass du dir unsicher warst, war dein Griff ziemlich stark«, halte ich ihm entgegen.

»Auch ich bin an eine Schuld gebunden. Du kannst mir glauben ... Wenn es einen anderen Weg gäbe, würde ich ihn wählen und dich am Leben lassen. Ich weiß, was du durchgemacht hast.«

Seine Worte fungieren besser als jeder Vorschlaghammer, denn sie befördern all meine verdrängten Bilder zurück an die Oberfläche.

»Ich habe das nicht gewollt. Nie. Ich ...«

»Das weiß ich, Angelique. Ich versuche mir das auch immer wieder zu sagen, doch ich komme nicht aus dem Kreis.«

Ich sehe den Mann vor mir genau an. Ein Teil von mir will ihm glauben, denn in den blauen Augen erkenne ich etwas, das wie Aufrichtigkeit mir gegenüber aufblitzt. Aber ich bin nicht dumm genug, einem Auftragskiller blind Glauben zu schenken. Er könnte mir all das vorspielen, um mein Vertrauen zu gewinnen ... und dann bin ich Geschichte.

»Das kannst du dir schenken. Ich glaube keinem Fremden, der eben auf offener Straße versucht hat, mich zu erwürgen.«

»Ich würde es nicht anders handhaben, Kleines. Aber offenbar hat der liebe Herrgott entschieden, dass du leben darfst. Schließlich sitze ich gefesselt auf dem Stuhl und nicht du.«

Was auch verdammt gut so ist. »Freu dich nicht so früh! Ich weiß nämlich noch nicht, was ich mit dir machen werde.«

»Ehrlich? Du bist so zahm, dass du nicht mal eine Fliege töten würdest.«

Penner! »Und das weiß du woher? Glaubst du allen Ernstes, diese Kutte habe ich beim Bingo gewonnen?«, setze ich ihm entgegen.

»Nein, aber es ist bekannt, wie Hades die ersten Mitglieder gewählt hat. Du musstest nur lieb lächeln und schon hat sie dich an die Hand genommen. Ist es nicht so?«

Wütend ... nein, verletzt stürme ich auf ihn zu, hole aus und halte inne, bevor der Schraubenschlüssel seinen Kopf erreicht.

»Du bist nicht wie all die anderen Sisters. Dein Herz ist viel zu gut für die Bikerwelt.«

Und genau da irrt er sich. Mit der flachen Hand verpasse ich ihm eine Ohrfeige. Die Wirkung? Er lacht mich aus. Kein Wunder, denn im Grunde trifft er den Kern all meiner Zweifel ... ich bin keine Hades Sister. Ich bin einfach nur ... ein Mädchen.

Die ersten Tränen rollen über meine Wangen, denn es tut verdammt weh, diese Erkenntnis zu treffen.

»Es ist nicht schlimm, anders zu sein, Kleines. Du hattest deine Gründe, weshalb du dem Ruf deiner Präsidentin gefolgt bist. Ich wünschte, jemand hätte je so Partei für mich ergriffen, wie diese Hades es für euch getan hat. Ich mache meine Hausaufgaben gut und kenne beinahe jede Geschichte, die hinter der rauen Bikerinnenfassade schlummert.«

Er soll einfach nur den Mund halten.

»Sei einfach still, okay?«

Was mache ich jetzt mit ihm? Wenn ich meine Schwestern rufe, dann werden sie ihn töten. Ich kenne Bloody Mary. Als Vollstreckerin des Clubs obliegt es ihr, mich und all die anderen Hades Sisters zu schützen. Doch sollte mir nicht genau das vollkommen egal sein? Der Kerl hat mich beinahe erwürgt. Ich schulde ihm nichts ... Dennoch kann ich nicht über meinen Schatten springen.

Ich gehe zurück an die Stelle, wo ich seine Sachen hingelegt habe, und nehme weitere Kabelbinder aus dem Beutel. Keine Ahnung, ob die mich retten werden, aber ich muss mir erst Gedanken darüber machen, was jetzt mit ihm geschieht.

»Du bleibst hier, bis ich weiß, was ich mit dir mache«, sage ich und verlasse im Eiltempo die Scheune.

Ich muss hier weg. Außerdem kann ich nicht allzu lang fernbleiben, da ansonsten ein Großalarm ausgelöst wird.

Deshalb renne ich eilig zu meinem Bike, das nach wie vor im Gestrüpp verborgen steht. Ich habe keine Ahnung, warum es plötzlich ausgefallen ist. Offenbar habe ich doch etwas übersehen.

Dass sie nicht wieder anspringt, spricht leider dafür. Also bleibt mir nichts weiter übrig, als Jeanne anzurufen, damit die mit dem Hänger kommt und wir die Maschine zurück in den Club bringen können.

Von meinem Standpunkt aus sehe ich zur Scheune, doch der Wagen ist nicht zu erkennen.

Beruhigt wähle ich ihre Nummer, erkläre kurz, was los ist, und warte im Anschluss.

Verdammt ... keine Meile entfernt sitzt der Auftragskiller, der mich töten sollte an einen Stuhl gefesselt und ich habe keine Ahnung, wie es jetzt weitergeht.

# Kapitel 6

# Radjk

Das war der Satz mit dem berühmten X. Ich habe die Kleine mehr als unterschätzt. Anders lässt sich meine Situation gerade nicht erklären.

Beschämend, wenn ich so drüber nachdenke. Ein kleines Mädchen hat mich ausgeknockt und zudem noch in eine Scheune gebracht. So unbedarft, wie sie auf den ersten Blick ausgesehen hat, ist sie nicht.

Angelique ist alles andere als ein kleines Kind, selbst wenn sie sich in Vielerlei Hinsicht so verhält. Sie ist unsicher, was unser Wortgefecht bestätigt hat. In den Reihen der Hades Sisters fühlt sie sich nicht wohl. Ein Grund dafür, dass sie ihre Schwestern noch nicht darüber informiert hat, dass ich hier bin?

Und wenn ich ihren Blick richtig deute, dann wird sie auch nichts von mir sagen. Warum auch immer.

Noch bin ich nicht ganz hinter dieses faszinierende Geschöpf gestiegen. Denn dass sie es ist, steht außer Frage. Allein ihre grünen Augen sagen so viel mehr, als es ein Wort von ihr je tun würde.

Selbst die Ohrfeige hat mir mehr verraten, als ihr lieb gewesen sein könnte. Plo besitzt nicht die Brutalität, die ihre Schwestern aufweisen. Und wir sprechen von einer gewaltigen Schlangengrube, im Hinblick auf die Vollstreckerin oder den Sergeant at Arms.

Würde ich ihnen in die Hände fallen, wäre mein Leben verwirkt. Sie würden die Kleine schützen und jede Gefahr abwenden.

Warum zum Teufel hat sie es dann nicht getan? Aus Mitleid mit Sicherheit nicht. Sympathie? Eher weniger. Oder ist es wirklich pure Angst, die sie in diesem Moment dominiert hat?

Tja ... bis sie wiederkommt, werde ich mir wohl in aller Seelenruhe darum Gedanken machen können. Plo hat mich so gut gefesselt, dass ich nicht mal den Stuhl zerbrechen brauche, denn das würde mir keine Freiheit schenken.

Die Kurze nötigt mir eine Menge Respekt ab. Bisher ist es keinem Mann gelungen, mir zu entkommen und bei ihr werde ich schwach. Am liebsten würde ich über meine eigene Dummheit laut lachen. Denn das es pure Dämlichkeit ist, steht außer Frage.

Womit wir zum nächsten Teil gelangen, an dem ich bereits vor zwei Minuten schon war. Wie geht es mit mir weiter? Wird sie mich verschonen oder doch ihre Schwestern darüber informieren?

Hätte ich doch nie das Angebot von Mischka angenommen. Mein Leben wäre nicht einfach gewesen, doch besser als jetzt allemal. In der Schuld von jemanden zu stehen ... ist schlimmer, als zu wissen, dass man gleich den Löffel abgeben muss.

Vielleicht tun mir die Hades Sisters auch einen Gefallen, indem sie das vollenden, was damals auf der Straße nicht ausgeführt worden ist.

In dieser Nacht war meine Zeit abgelaufen ... daran habe ich keinen Zweifel mehr. Dennoch habe ich das Schicksal herausgefordert und ihm mehr als einmal getrotzt.

*Es ist mitten in der Nacht, als ich endlich den Laden hinter mir schließen kann. Für Oktober ist es bereits verdammt kalt, sodass ich die Jacke schließen muss.*

*Die Schicht im Bistro hat mir alles abverlangt. Ich stinke nach Frittenfett, jeder Muskel schmerzt und ich falle beinahe um vor Müdigkeit.*

*Keine Ahnung, wie lange ich das noch durchhalte. Mein Chef ist ein Arschloch, dass mich pausenlos zu*

*Doppelschichten verdonnert, die er mir nicht einmal bezahlt. Wenn meine Eltern in Russland das Geld nicht nötig hätten, würde ich mir eine andere Anstellung suchen. Aber wer stellt schon einen Russen ein, der kaum englisch spricht? Ich habe einen Kurs besucht, doch die Zeit war nicht ausreichend, um es zu perfektionieren. Jede Nacht, nach meiner Schicht übe ich weiter, damit ich mir etwas Besseres suchen kann. Jeder Cent ist essentiell, denn meine Mutter ist schwer an Krebs erkrankt. Sie braucht eine Therapie und die Medikamente kosten mich ein Vermögen.*

*Aus diesem Grund bin ich in ein billiges Motel ohne Badezimmer abgestiegen. Meine Essensrationen habe ich portioniert. Ich brauche nicht viel. Ein paar Kekse reichen vollkommen aus und Wasser bekomme ich in dem Gemeinschaftsbad. So bleibt genügend Geld, um die Therapie zu bezahlen.*

Inzwischen ist meine Mutter weitestgehend geheilt. Ich habe ihre Genesung mit dem Blut anderer Menschen bezahlt. Wenn sie davon wüsste, würde sie sich meiner schämen und vor Gram sterben.

Nein, meine Eltern dürfen niemals erfahren, welchen Weg ich dafür eingeschlagen habe.

Als guter Christ aufzuwachsen, in einem soliden Elternhaus ... das passt nicht mit dem zusammen, was aus mir geworden ist.

Ich wollte Rache und eine Chance ... bekommen habe ich einen nie enden wollenden Vertrag mit dem Teufel. Es steht außer Frage, dass Mischka mich niemals freiwillig gehen lassen wird. Meine Schuld tilge ich bis zum Tod.

Manchmal, so wie jetzt, wünsche ich mir nur noch, dass es endlich vorbei ist. Ich will mit der Last aller Leben, die ich genommen habe, nicht weiterleben.

Doch was geschieht danach? Ich bin ein Sünder, ein Verbrecher und gehöre in die Hölle.

Das war mein amerikanischer Traum. Ich habe mein Leben gegen das meiner Mutter eingetauscht. Sie wird noch lange Zeit auf dieser Erde weilen ... dafür seine Seele zu verkaufen klingt doch fair, oder?

Würde ich es anders machen, wenn es eine Chance dazu gäbe? Vermutlich nicht!

# Kapitel 7

## Plo

»Was ist das dort an deinem Hals?« Kaum bin ich aus dem Wagen gestiegen, fängt Ruin mich ab.

»Wenn du mir auch sagst, was genau du meinst?«

Sie spurt eine Linie an meinem Hals entlang. »Das meine ich. Hast du dich geprügelt oder hat dir jemand wehgetan?«

»Ich weiß nicht, was du meinst, Ruin«, erwidere ich genervt. »Es ist nichts passiert. Meine Maschine hat gestreikt, ich habe versucht sie zu reparieren, doch das hat nicht funktioniert. Das ist alles.«

Wütend gehe ich in meine Werkstatt. Wenn sie wüsste, was ich nur wenige Meilen von hier versteckt halte. Ich bin so blöd. Nur ein einziges Wort ... dann müsste ich mir keine Gedanken mehr darum machen.

Wieso kann ich es dann nicht? Diesem Kerl muss ich keine Gefälligkeiten schenken. Er wollte mich töten.

Ein Blick in den Spiegel zeigt mir auch, was Ruin so in Sorge gebracht hat und wofür der Wichser verantwortlich ist. Neben einem kleinen Bluterguss klebt Blut an meinem Hals.

Natürlich. Ich habe ihn geschlagen. Verdammt ...

»Willst du mir immer noch sagen, dass alles in Ordnung ist, Plo?« Unbemerkt ist Ruin in die Werkstatt getreten.

»Ja, das ist es. Keine Ahnung, wie das passiert ist. Ich habe das Bike etwas abseits an ein Gestrüpp gestellt, wahrscheinlich habe ich mich dort geratscht.«

Ich weiß, dass sie mir das nicht abkauft, aber was Besseres ist mir auf die Schnelle nicht eingefallen.

»Okay, Kleines. Wenn du dennoch mit mir sprechen willst, weißt du, wo du mich findest.«

Ich sehe sie nicht an und reagiere auch nicht auf ihre Worte. In meinem Kopf herrscht ein Durcheinander, als wäre ein wütender Tornado durch meinen Schädel gerast.

Wie geht es jetzt weiter? Ich kann den Kerl ja schlecht in der Scheune lassen und warten bis er stirbt. Meine Schwestern würden wahrscheinlich genau das tun, doch ich bin nicht wie sie. Das habe ich eindrucksvoll bewiesen.

»Soll ich mir das kurz ansehen, Plo?« Jeanne ist mit dem Bike in die Werkstatt gekommen und sieht mich abwartend an.

»Von mir aus«, sage ich nur und versinke wieder in meinen Gedanken.

Ich bin mir sicher, dass ich diesen Mann schon einmal gesehen habe. Es spielt keine wesentliche Rolle, doch irgendwie lässt es mich auch nicht los.

Wahrscheinlich ist das nur Einbildung. Mischka hat viele Schergen wie ihn. Egal ob Auftragsmörder, Zuhälter oder Drogendealer. Sein Netz ist so gewaltig, dass niemand ihm in New York den Platz in der Nahrungskette streitig macht. Ihm gehört die Unterwelt und er weiß genau, wie er die Karten ausspielen muss.

Jetzt hat er sie gegen mich eingesetzt und wartet darauf, dass ich meinen Zug verliere. Das habe ich schon längst, denn ich bezahle für meine Armut. Ich bezahle für meine Schwäche ... für meine Angst.

Fair war es nie, denn mit kaum vierzehn konnte ich den Rattenschwanz nicht erkennen, den er hinter sich hergezogen hat. Ich war blind ... blind für all die Dinge, die ich erst danach begriffen habe.

Ein bisschen tanzen, hat er mir vorgeschwärmt. Sich aufreizend an der Stange bewegen. Du bist so jung und unbedarft. *Bullshit.* Er wollte von Anfang an, dass ich für ihn Anschaffen gehe.

Ich habe es getan. Unter Schmerzen habe ich Nacht für Nacht überlebt.

»Magst du mir nicht sagen, was los ist, Plo? Du bist total neben der Spur. So kenne ich dich gar nicht.«

Es wäre so schön, jemanden zu vertrauen und nach Rat zu fragen. *Ich meine, in unmittelbarer Nähe sitzt ein Mann, der mich töten wollte. Ich habe ihn am Leben gelassen und nun weiß ich nicht, was mit ihm geschehen soll.*

»Nichts. Ich habe mich nur sehr erschrocken. Hinter mir fuhr ein Wagen und hätte mich beinahe von der Straße gefegt. Entschuldige, wenn ich dadurch abwesend wirke. Ich denke nur darüber nach, was meinem Baby fehlen könnte.«

Jeanne hält einen Gegenstand in die Luft und wirbelt ihn vor meinen Augen hin und her. »Du hast die falschen Kerzen eingebaut. Ich weiß, laut Hersteller kann man diese auch verwenden, doch das Original bleibt eben das Original. Ich werde schnell zu meinem Vater fahren und dir welche besorgen.«

Ich halte sie nicht davon ab, denn so bin ich endlich wieder allein und kann mich um mein Problem kümmern. Außerdem brauche ich eine Maschine, denn ansonsten würde mein plötzliches Verschwinden sehr viele Fragen aufwerfen.

»Angelique«, brüllt Hades quer über den Hof.

Warum kommt alles auf einen Haufen? Argghhhh …

»Ja, Hades?« Sie erreicht die Werkstatt und sieht mich an.

»Oh … wie ich sehe, hat es doch nicht mit dem Baby geklappt. Weißt du, was ihr fehlt?«

»Jeanne meinte, ich habe die falsche Kerze eingebaut. Sie besorgt mir eine Neue. Aber deshalb willst du mich doch mit Sicherheit nicht sprechen, oder?«

»Ach ja … Ich weiß, du stehst mehr kommissarisch für den Posten als Kassenwart, doch ich brauche dich. Du musst dir die letzte Abrechnung aus dem Bordell ansehen. Ich drehe beinahe durch, weil ich diese ganzen Zahlenspielereien nicht verstehe.«

Das fehlt mir jetzt noch zu meinem Glück.

»Klar, mache ich sofort.«

Sie drückt mir einen Aktenberg in die Hand, den sie vorher unter den Arm geklemmt hat, und verschwindet wieder. »Du hast etwas gut bei mir«, ruft sie noch über die Schulter hinweg, bevor sie im Clubhaus verschwindet.

Herzliches Dankeschön, Hades. Nur die Steuer kann ein Interesse daran haben, welche Gelder in einem Freudenhaus über den Tisch gehen.

Mit dem Stapel ziehe ich mich in mein Büro zurück, welches im hinteren Teil der Werkstatt liegt.

Das Kind eines ehemaligen Buchhalters gewesen zu sein, hat einige Vorteile. Mathe war nie ein Problem für mich, denn anstatt mich mit teuren Videospielen in die Ecke zu setzen, hat mich mein Vater Zahlen jonglieren lassen. Etwas, wofür ich ihm heute dankbar bin.

So kann ich zumindest einen kleinen Beitrag leisten.

Zuerst sortiere ich die Unterlagen, die dank Jamie wieder einmal total wirr zusammengewürfelt worden sind. Ich weiß nicht, wie oft ich ihr das inzwischen schon erklärt habe, dass die Einnahmen der Bar nichts bei den Mieteinnahmen zu suchen haben. Alles ist durcheinander, sodass es viel mehr Zeit in Anspruch nimmt, einen Grund hineinzubekommen als den eigentlichen Fehler zu finden.

Das Problem hätte in wenigen Minuten erledigt sein können, wenn sie sich ein bisschen zusammengenommen und den Scheiß anständig ablegt hätte.

Tatsächlich gibt es Abweichungen darin, im Vergleich zu dem, was am Ende des Tages in der Kasse verbleibt. Es sind nur ein paar Dollar, doch auf den Monat gesehen, macht es eine Menge aus. Zumal wir inzwischen über mehrere tausend Dollar allein in den letzten drei Monaten sprechen.

Es gibt kein Muster, außer, dass am Ende des Tages weniger Kohle da ist, als wir eingenommen haben. Auch mit den Ausgaben ist dies nicht zu erklären.

So ungern ich das sage, aber Hades wir definitiv beklaut. Jemand bedient sich.

Auf einem gesonderten Blatt notiere ich die Beträge, bis ich sie zusammenrechne und zu Hades ins Büro eile.

»Ich habe es mir angesehen«, platze ich heraus. Dean ist ebenfalls anwesend und sieht mich nur kurz an, bevor er wieder über seinem Papierkram versinkt. Keine Ahnung, weshalb er überhaupt noch mit in ihrem Büro ist. Der Bau des Black Skull Clubhauses ist beinahe abgeschlossen.

»Und? Was habe ich falsch gemacht?«, hakt sie nach.

»Du nichts, aber wir werden beklaut. Ungefähr seit drei Monaten. Jeden Tag ein bisschen mehr. Inzwischen sind es knapp fünftausend Dollar.«

»Puh ... du verarscht mich jetzt, oder?«

Wie gern ich das würde, aber nein. »Tut mir leid. Leider ist es wirklich so. Die Einnahmen stimmen nicht mit der Abrechnung der Kasse überein. Mal kann das durchaus passieren, wenn jemand falsch rausgibt, aber seit drei Monaten jeden Tag? Daran glaube ich nicht.«

Das Problem ist, dass unser Bordell nicht nur von Hades Sisters, sondern auch von völlig Fremden mitgeführt wird. Nicht alle Mitarbeiter gehören zum Club. Dennoch könnte es jeder oder jede gewesen sein.

»Was schlägst du vor?«

»Ich? Ist das nicht Aufgabe von dir und Ruin? Ich habe dich lediglich als Kassenwart auf den Fehler hingewiesen. Alles andere obliegt dir.«

Sie sieht mich skeptisch an und auch Deans Blick verweilt einen Moment zu lang auf mir.

»Verkauf dich nicht unter Wert, Kleines. Mir ist deine Meinung wichtig.«

Ich seufze. »Hades, wir wissen beide, dass ich nicht wirklich ein Teil des Clubs bin. Ich bin einfach irgendwie nur da. Es ist nett, dass du mich damit aufbauen willst, aber das ist schon in Ordnung. Ich kenne meinen Platz und strebe nichts weiter an.«

»Wer redet dir das ein, Plo? Jeder von uns ist gleichwertig. Wir haben lediglich zum Schutz aller entschieden, wer welchen Posten ausübt, um all unsere Fertigkeiten richtig einzusetzen.«

Ich bin das Thema langsam leid. Warum versucht eigentlich jeder, mich zu überzeugen?

»Oder findest du es nicht wichtig, dass dein Posten als Kassenwart mir eben offenbart hat, dass wir alle um Geld betrogen werden?«

Was soll ich darauf erwidern? Was? In meinem Kopf sind so viele Baustellen ...

»Ich werde mir die Bänder ansehen. Vielleicht kann man dort etwas erkennen«, sagt sie lediglich, nachdem ich nicht geantwortet habe.

»Ich gehe zurück in die Werkstatt.« Ohne mich noch einmal umzusehen, stürme ich aus dem Raum.

Ich brauche dringend Zeit für mich, um endlich eine Lösung für mein Problem zu finden.

# Kapitel 8

# Radjk

Schon von weitem kann ich eine Maschine hören, die sich der Scheune nähert.

Plo hat es tatsächlich fertiggebracht und mich die ganze Nacht hier ausharren lassen. Dass keine ihre Schwestern bisher gekommen ist, lässt eine kleine Hoffnung in mir aufkeimen.

Der Motor erstirbt und nur kurz darauf betritt die Kleine den Schuppen.

»Ich habe schon befürchtet, dass du mich verrecken lässt.«

»Das hätte ich vermutlich auch tun sollen.«

Jetzt, da meine Kopfschmerzen beinahe völlig verschwunden sind, werfe ich einen prüfenden Blick auf das Mädchen.

Angelique ist sehr klein und nahezu ein Strich in der Landschaft. Ihre langen schwarzen Haare hat sie zu einem Zopf gebunden.

»Und jetzt, Plo?«, hake ich nach. Sie bewegt sich nicht, sieht mich nur stumm an und kaut auf ihrer Unterlippe.

»Du hast gestern etwas davon gesagt, dass wir den Russen austricksen können. Wie soll das funktionieren?«

Laut lachend werfe ich den Kopf in den Nacken. Mischka kann man nicht verarschen. Die Idee habe ich mehr als einmal verworfen.

»Es gibt keine Möglichkeit, Kleines. Die Erkenntnis hättest du schnell selbst treffen können, denn immerhin bin ich hier, obwohl du seit zwei Jahren unter seinem Radar schwebst.«

»Dann bist du also nichts weiter, als ein dreckiger Lügner und hast es kaum verdient, dass ich dir das Leben schenke, richtig?«

Das gefällt mir nun doch nicht so gut. »Hör zu. Es gibt Menschen, die haben den Tod mehr als verdient. Wir beide haben an Mischkas Seite genügend davon gesehen, Angelique. Du gehörst nicht dazu ... allerdings sehe ich keine Chance, wie wir dich freiboxen könnten. Wenn wir so tun, als würde ich dich töten, dann wird er den Cleaner schicken und spätestens dann fliegt unser Schwindel auf.

Weiterhin so tun, als wärst du von der Bildfläche verschwunden, ist unmöglich, denn was ich kann, kann jeder andere in seinem Kader.«

Knallharte Fakten, an denen ich nichts ändern kann!

»Dann habe ich keinen Grund, dich länger am Leben zu lassen.« Aus der Kutte fischt sie eine kleine Spritze mit grünem Inhalt. Clever ... das hätte ich dem Mädchen kaum zugetraut.

»Ich muss schon sagen, du überrascht mich. Allerdings wird die Dosis kaum reichen, um mich zu töten. Aber ich respektiere den Versuch. Kein schöner Tod mittels Frostschutz ... aber eine gute Idee.«

»Wenn du dir so sicher bist, dann macht es dir doch sicherlich nichts aus, wenn ich es dir spritze, oder?«

Miststück! »Wenn ich sterben sollte, dann wird der nächste Killer vor deiner Haustür stehen, Kleines. Und glaub mir, ein anderer wird nicht so nett sein.«

Ihre Faust landet in meinem Gesicht. Sofort stöhnt Plo, lässt die Spritze fallen und hält sich den schmerzenden Knöchel.

»Du schlägst falsch, Kleines. Außerdem hast du den Daumen nach innen genommen. Im schlimmsten Fall brichst du ihn dir beim nächsten Versuch.«

»Verdammt ... kannst du nicht einfach deine Schnauze halten?«

Wie kann ich das? Ihre Bemühungen sind so süß und unschuldig.

»Was hältst du davon, wenn du mich losbindest und ich dir ein paar Tricks zeige, bevor ich verschwinde?«

»Du denkst wirklich, ich bin in allen Belangen meines Lebens so dämlich?«

Wie kommt sie nur darauf? Ich finde nichts an ihr dämlich! Eher im Gegenteil. Das Mädchen handelt sich mit jeder Minute mehr Respekt ein.

»Warum hast du so wenig Achtung vor dir selbst? Es gehört schon viel dazu, einen Auftragskiller mitten auf der Straße, im Todeskampf, niederzuringen. Ihn anschließend in eine Hütte zu bringen und zu fesseln ist ebenfalls nicht ohne. Und wir brauchen uns nicht darüber unterhalten, wer gerade die Hosen anhat, Baby.«

Stille.

»Komm, binde mich los. In meiner Tasche liegt ein Revolver. Nimm ihn und ziele damit auf mich. Ich will nur Pissen und dir ein paar Kniffe zeigen, dann verschwinde ich.«

Plo zieht die Kutte zurück, sodass ich einen Blick auf ihre Waffe werfen kann.

»Von mir aus kannst du dir ins Höschen pinkeln. Es interessiert mich nicht. Und ich werde dich auch nicht losbinden.«

Ob sie sich das gut überlegt hat? Ich habe schon in weitaus beschisseneren Situationen gesteckt. Mich ein zu pinkeln wäre nichts neues.

»Ich will dir nichts tun. Gott hat gestern entschieden, dass du es Wert bist, weiterzuleben. Als guter Christ werde ich mich nicht gegen sein Wort auflehnen. Das schwöre ich bei der Bibel.«

Ehrlich ... ich will ihr nichts tun. Das habe ich nie wirklich gewollt. Nennen wir das gestern eine Kurzschlusshandlung.

Plo wirkt so verunsichert und unentschlossen, dass es mir fast schon leidtut. Die Situation mit mir überfordert sie immens.

»Ich binde dich, soweit es geht frei, dann gebe ich dir ein Messer und werde mich verkrümeln. Gib dir keine Mühe, es ein weiteres Mal zu probieren, denn ich werde im Club in Sicherheit sein.«

Daran hege ich keinen Zweifel, doch das wird nicht immer so sein.

»Willst du den Rest deines Lebens in Gefangenschaft verbleiben? Das ist doch kompletter Blödsinn.«

Plo nimmt aus meinem Koffer ein Messer und schneidet die ersten Fesseln durch.

»Kreuz nie wieder meinen Weg oder ich werde dafür sorgen, dass Hades sich deiner annimmt. Ich mag zwar nur ein schwaches Mädchen sein, doch sie nicht. Nutz deine Chance.«

Sie drückt mir das Messer in die Hand und eilt aus der Scheune. Ohne auf etwaige Verletzungen zu achten, schneide ich die restlichen Kabelbinder durch und renne ihr hinterher.

Plo sitzt auf ihrer Maschine, hat mir den Rücken zugewandt und bekommt nicht mit, wie ich mich der Harley nähere.

Bevor sie das Bike starten kann, habe ich ihr die Arme um den Körper geschlungen und sie hochgehoben. Die Harley landet im Dreck, während Plo sich aus Leibeskräften wehrt.

Es wäre so leicht, sie umzubringen ... doch ich habe meine Worte eben ernst gemeint. Gott hat eine Entscheidung getroffen, gegen die ich mich nicht stellen werde.

»Beruhig dich, Kleines. Ich habe dir geschworen, dass ich dir nichts tun werde, und daran halte ich mich auch.«

Langsam löse ich meine Umarmung und gebe sie frei.

»Was soll das dann werden? War ich nicht deutlich genug für dich?«

War sie. Ich kann selbst kaum glauben, dass ich ihr nachgelaufen bin. »Ich könnte dir ein bisschen was beibringen, wenn du das möchtest.«

»Warum sollte ich das wollen? Ich will nur noch zurück und das hier vergessen. Was ich getan habe, widerspricht allen Gesetzen, nach denen ich lebe.«

Ich packe Plo am Handgelenk und ziehe sie zu mir. Dieses Mal wehrt sie sich nicht, sondern sieht mich nur an. »Glaub mir, ich verstehe so manche Dinge ebenfalls nicht, Kleines. Vor allem nicht, warum ich nicht fahren kann, während ich dich in Gefahr weiß.«

Ja ... ich bin blöd, doch jede Faser in mir möchte das Mädchen beschützen.

»Das ist nur nicht dein Problem, sondern mein eigenes und das meiner Schwestern. Du hast nichts mit mir und ich nichts mit dir zu schaffen.«

Skurril ist unsere Begegnung allemal. Daran besteht keinen Zweifel mehr. Mein Verhalten ist alles andere als normal ... ihres mitunter nicht weniger.

»Wir stecken beide im selben Boot, Plo.«

»Nenn mich nicht dauernd Plo. Auch nicht Angelique ... Lass mich einfach in Ruhe.«

Sie windet sich aus meinem Griff und geht direkt auf die Harley zu.

»Es tut mir so leid, Baby. Ich werde mich gleich um deine Schrammen kümmern«, höre ich sie sagen.

»Bitte Kleines ... gib mir eine Chance, dir wenigstens irgendwie zu helfen, bevor ich nach New York zurückkehre.«

Trotz des Gewichts der Maschine stemmt sie die 300kg locker nach oben.

»Nicht nötig. Ich bin bei meinen Schwestern sicher.«

»Aber nicht glücklich. Ich sehe es dir doch an, wie sehr du mit dir haderst. Lass mich dir helfen, bitte.«

»Spielt das eine Rolle? Muss man immer glücklich im Leben sein oder reicht es aus, dankbar dafür zu sein, was man darin hat?«

Die Frage trifft mich wie ein Schlag. Ob meine Mutter lieber an Krebs gestorben wäre, aber glücklich darüber, dass ich nie einen Menschen getötet habe?

»Du bist eine faszinierende Frau, Angelique, die mir fortwährend Respekt abverlangt.«

Sie hält inne und sieht mich an. »Dann hast du offenbar nicht viele getroffen. Alle Frauen auf dieser Welt sind wunderbar ... ihr Männer wollt es nur nie sehen.«

Die grünen Augen, die mich eingehend mustern, lösen eine kleine Kettenreaktion in meinem Inneren aus. »Ich möchte dir helfen, Angelique. Vergiss den Grund, aus dem ich hier bin. Im Anschluss verschwinde ich wirklich und werde dir niemals wieder unter die Augen treten.«

*Reite dich nur weiter in die Scheiße, Radjk.*

»Dir ist jedes Mittel recht, oder? Und wann? Wenn du mich kennst? Wobei sollte dir das helfen? Mal davon abgesehen, dass du mich gestern töten und heute unterrichten möchtest. Weißt du eigentlich, was du willst?«

»Ich werde hier warten. So lang, bis du wieder hierherkommst.«

Sie schüttelt nur ungläubig den Kopf und startet die Harley, ehe sie davonfährt.

Ich bleibe im aufgewirbelten Staub zurück und warte, bis sie aus meinem Sichtfeld verschwunden ist.

Was zum Teufel läuft eigentlich gerade schief?

# Kapitel 9

# Plo

Es war ein großer Fehler. Ich hätte ihn einfach sich selbst überlassen sollen. Irgendwann wäre er gestorben und ich hätte mir nicht einmal die Finger schmutzig gemacht.

Doch bei klein Plo läuft es eben nicht so. Ich habe ein Gewissen und das meldet sich pausenlos zu Wort. Allerdings vernehme ich tief in mir, ganz weit in den Unweiten eingegraben eine weitere leise Stimme.

Sie will mich immer wieder daran erinnern, dass ich ihn kenne. Ich sehe ein Bild, doch ich kann es nicht mit einer Information verknüpfen.

Spielt es eine Rolle? In meinem Fall schon, denn obwohl es jeder Vernunft widerspricht, wäre ich gern geblieben.

Beides fühlt sich so falsch an und überfordert mich. Das Leben ist in vielen Punkten ein einziges Fremdwort für mich. Eine Sprache, deren ich nicht mächtig bin.

Ich lenke die Maschine auf den Seitenstreifen, bevor der Motor erstirbt und ich absteige.

Wo sehe ich mich irgendwann? Welche Ziele gibt es in meinem Leben? Oder bin ich für immer verbrannt, ohne die Chance, alles wieder in geregelte Bahnen zu lenken?

Ich kann nicht ändern, was ich getan habe. Doch ich könnte zulassen, dass die Bilder mich nicht mehr bestimmen. Sie werden nie verschwinden, dessen bin ich mir bewusst. Doch sie könnten verblassen.

*»Du bist das schönste Mädchen, dass ich jemals in meinen heiligen Hallen willkommen heißen durfte, Angelique.«*

*Mischka umrundet mich, während ich inmitten seines Büros stehe und auf eine Erklärung warte, warum er mich hierher bestellt hat.*

*»Ich habe eine Anfrage von einem Kunden. Einem sehr guten Kunden. Er ist fasziniert von deiner Schönheit und deiner Zerbrechlichkeit.«*

*Ich versuche, aufzubegehren, doch Mischkas Finger verschließen meinen Mund, kaum dass ich zu sprechen begonnen habe.*

»Er zahlt viel Geld. Außerdem ist er ein Gentleman.«

Ich schüttele den Kopf. Meinen Körper zu verkaufen stand nie zur Debatte. Auch, da ich keinerlei Erfahrung mit Männern habe. Diesen einen kleinen Teil möchte ich mir bewahren. In den letzten Wochen bin ich vor Hunger und Angst immer tiefer gesunken, doch das wird er mir nicht nehmen.

»War ich nicht immer gut zu dir, Angelique?«, flüstert er weiter, während er Kreise um mich zieht. Immer wieder erhasche ich seinen lüsternen Blick, der mir einen Schauer über den Rücken jagt.

Angst mischt sich mit Ungewissheit. Ich will das nicht.

»Das warst du, Mischka. Keine Frage«, antworte ich ehrlich und hoffe so, meinem Schicksal zu entgehen.

»Nur ein einziges Mal, Kleine. Ich werde dich nie wieder darum bitten.«

Selbst das kann ich nicht. Ich habe nichts mehr in meinem Leben, auf das ich stolz sein könnte. Wenn er mir auch noch die Ehre nimmt ... was bleibt mir noch? Ich möchte keine leere Hülle meiner selbst sein, wie die meisten Mädchen im Bordell.

»Setz dich, Angelique. Du warst in den letzten Wochen eine Bereicherung. Die Männer lieben dich *und kommen nur deinetwegen hierher. Du bist klein, zierlich, schlank und wirkst wie eine süße Puppe.«*

*Auch wenn es als Kompliment gedacht war, warum fühlt es sich nicht so an? Warum spüre ich die Beklemmung, die meinen Gliedern emporsteigt, wie scharfe Säure.*

*»Ich denke, es ist besser, wenn ich jetzt gehe.«*

*»Nein ... trink wenigstens einen Schluck mit mir zur Feier deines Erfolges, Kleines.«*

*Mir widerstrebt es, auch nur eine Sekunde länger zu bleiben, doch mein Hintern scheint am Stuhl festgeklebt zu sein.*

*»Ich bin zu jung, um Alkohol zu trinken«, sage ich, doch es hört sich mehr wie ein Flüstern an. Ehrlich ... ich habe Angst und ich spüre bereits, wie die ersten Tränen nach oben steigen.*

*»Ein Glas wird nicht schaden. Das kannst du mir glauben.«*

*Tue ich allerdings nicht. Ich spüre, wie sich die Wolken über mir zusammenbrauen. Das Grab ... mein Grab wird soeben für mich ausgehoben.*

*»Es ist besser, wenn ich jetzt gehe und mich für meinen Auftritt vorbereite.«*

*Mischka wendet sich mit zwei vollen Champagnergläsern zu mir. Sein Kopfschütteln bedeutet eine Endgültigkeit, die mich zutiefst erschreckt.*

»Bitte, ich möchte wirklich gehen.« Ich kann die Tränen nicht mehr zurückhalten. Selbst das Zittern, das sich meiner bemächtigt, ist außer Kontrolle.

»Alles wird gut, Mädchen. Es gibt nichts, wovor du dich fürchten müsstest.«

Doch ... ich muss mich vor dir in Acht nehmen. Ich weiß es, mein Körper spürt es und meine Seele versucht sich bereits abzuschirmen.

Das Glas landet in meinen Händen, obwohl ich kaum in der Lage bin, es zu halten.

»Auf deinen Erfolg, Angelique.«

Trink mich nicht ... selbst das Glas scheint mich eindringlich zu warnen. Doch es ist die Angst, die mich den Champagner in eins trinken lässt. Ich weiß es ... es ist unvermeidlich. Mein Schicksal ist besiegelt in diesen einen Moment.

»Braves Mädchen«, höre ich Mischka sagen.

Alles in mir ist taub und wartet auf die Konsequenzen, die ich nun ertragen muss. Ein Zurück ist unmöglich ... die Höllentore haben sich bereits geöffnet und sie werden mich verschlingen.

Mit jeder Minute, die ich auf dem Stuhl sitze und mein Herz im Takt meiner Furcht schlägt, spüre ich, wie das Gift durch meine Adern pumpt. Es breitet sich aus, lähmt jedes Gefühl, wie jeden Muskel in mir.

Meine Augen brennen und werden schwer. Meine Lippen sind unfähig dazu, ein Wort zu formen.

*»So ist es fein.« Mühelos werde ich von Mischka auf die Arme gehoben.*

*Ich stecke in einem Tunnel, deren Wände mit dicker Watte ausgefüllt zu sein scheinen. Jeder Schritt hallt in meinem Körper nach und vibriert, bis er wie tausend kleine Scherben zerbricht.*

*Er trägt mich durch das Etablissement, hoch in die Räumlichkeiten der Prostituierten. Dort, am Ende des Ganges, öffnet er eine Tür.*

*Nur am Rande erkenne ich den Mann, der Nacht für Nacht gekommen ist, um mich tanzen zu sehen. Seine Kleidung trägt er nicht mehr. Lediglich ein Handtuch ist um seine Hüfte geschlungen.*

*Mischka legt mich inmitten des Bettes ab, ehe er sich dem Mann zuwendet, der ihm ein dickes Bündel Bargeld in die Hand drückt. Der Preis für meine Ehre ... er wurde festgelegt.*

*Der Mann begleitet Mischka zur Tür, ehe seine gesamte Aufmerksamkeit auf mir liegt. Ich schließe meine Augen, denn ich will die Lust in seinem Blick nicht sehen.*

*Es ist ausreichend, seine Finger auf meinem Körper zu spüren.*

*Meinc Sinne sind trotz des Nebels in meinem Kopf geschärft und nehmen alles drum herum wahr.*

*Wie er mir das Top hochstreift, an meinen Brustwarzen spielt.*

*Wie er mit den glitschigen Fingern meine Hose öffnet und sich an meinem Intimbereich verlustiert.*

*Jede Berührung brennt sich in meinen Kopf ... wie auch der Schmerz zwischen meinen Beinen, der nur kurz darauf folgt.*

Ich werde diesen Tag niemals vergessen, denn er hat mir alles genommen, was noch von mir übriggeblieben ist. Wir sprechen nicht über Würde oder Stolz ... wir sprechen über meine Seele. Sie ist verloren, für immer.

Wäre der Mann ... ich stoppe in meinen Gedanken, denn mir wird soeben bewusst, woher ich Radjk kenne. Er ist es gewesen! Er hat mich danach aus dem Zimmer getragen und mich versorgt.

Ich steige auf meine Harley, starte den Motor und fahre sofort zur Scheune zurück. Ist das der Grund dafür, warum er mir unbedingt helfen will? Sein schlechtes Gewissen?

An der Scheune angekommen, parke ich das Bike und renne hinein.

»Sag mir die Wahrheit. Du bist der Mann von damals, der mich aus dem Zimmer getragen und sich um mich gekümmert hat, stimmts?«

Radjks Blick ruht auf mir. Ich kann ihm deutlich ansehen, dass er mit seiner Antwort hadert.

»Ich habe es oft getan, okay? Mischka hat mich immer vorgeschickt, nachdem es wiederholt dazu kam, dass die Mädchen gestorben sind. Auch in dieser Nacht sollte ich nachsehen, ob du noch am Leben bist.«

Echt jetzt? »Ich war nicht das einzige Mädchen, dass auf die Art missbraucht worden ist?«

»Nein, wir reden über sehr viele, Plo. Glaub mir, ich habe oft versucht, all die Bilder aus meinem Kopf zu bekommen und mir auszureden, dass ich ein elender Versager bin, der es hätte besser machen müssen. Ich war schwach ...«

»Was bist du für ein Mensch? Du hast all das gewusst und dennoch nichts unternommen? Ich war ein Kind ... ein gottverdammtes Kind, das aus Angst vor Hunger auf der Straße zu sterben, in diesem Loch gelandet ist. Hast du dir nur einmal die Frage gestellt, wie es dir an meiner Stelle ergangen wäre?«

»Oft genug.«

»Du schuldest mir etwas, Radjk, denn ich werde dieses Thema ein für alle Mal beenden!«

»Und wie willst du das anstellen?«

Ich hätte es schon längst machen müssen, doch ich habe den Blick ebenfalls vor der Wahrheit verschlossen.

»Bring mir bei, eine echte Hades Sister zu sein, und dann werde ich nach New York gehen und Mischka töten.«

# Kapitel 10

# Radjk

Das ist kompletter Wahnsinn. Meine Ausbildung hat Jahre gedauert. Wie soll ich ihr alles innerhalb kürzester Zeit beibringen?

»Vergiss es ... das ist unmöglich. Wir sprechen nicht darüber, einen Text auswendig zu lernen. Schießen, Kämpfen oder eine Partie mit der Klinge sind nicht damit zu vergleichen. Es erfordert Disziplin und innere Stärke. Du musst dich verbiegen und trainieren, um halbwegs erfolgreich zu sein.«

»Dann quatsch nicht und fang an.«

Ehrlich ... ich bewundere Plo für ihren Entschluss, doch das ist Selbstmord. Sie würde nicht mal in die Nähe des Russen kommen.

»Und wie soll das funktionieren? Um in kurzer Zeit Erfolge zu erzielen, müssten wir den gesamten Tag trainieren. Was ist mit deinen Verpflichtungen im Club?«

Sie kommt geradewegs auf mich zu und bleibt direkt vor mir stehen. Ich erkenne die Entschlossenheit in den grünen Iriden, aber auch die Angst davor, zu versagen. Was Plo plant, ist ein gottverdammtes Himmelfahrtskommando.

»Ich schaffe das und werde mich reinknien, aber ohne dich, ist das unmöglich. Du wirst meine Fahrkarte, wenn es so weit ist, Mischka gegenüberzutreten.«

Ehrlich ... ich möchte sie schütteln und ihr den Mist ausreden, doch ich weiß, wann sich Entschlossenheit nicht brechen lässt.

»Gut. Ich nehme mir in der Nähe ein Zimmer und wir treffen uns immer in der Scheune. Sie liegt weit ab vom Schuss, sodass wir halbwegs unbemerkt bleiben. Dennoch, das ist kein Spaß, Kleines.«

Freudestrahlend stellt sie sich auf die Zehenspitzen und haucht mir einen Kuss auf die Wange. »Danke, das ist mehr, als ich im Moment verlangen kann.«

Unfähig, mich zu bewegen, bleibt mein Blick auf den kleinen Wirbelwind gerichtet. »Jetzt vertraust du doch einem Killer.«

»Nein ... ich vertraue meinem Bauchgefühl.« Sie sagt es so selbstsicher, dass mir ein Schauer über den Rücken läuft.

»Ich habe noch nie ein Mädchen wie dich getroffen, Kleines. Ich weiß nicht, ob ich fasziniert bin oder dich einweisen sollte. Du verstößt gegen jede Regel ... wobei, ich bin nicht viel besser.«

Ist es Dummheit oder der Wunsch, das erste Mal in meinem Leben etwas von meinem Unrecht wieder ins Reine zu bringen?

»Dann sind wir wohl beide zwei richtig verkackte Existenzen und passen gut zusammen.«

Ich würde ihre Aussage gern leugnen, doch sie passt perfekt zu meiner vorherigen.

»Gut, dann wirst du ab sofort morgens Laufen gehen, um deine Kondition aufzubessern«, sage ich und umrunde sie. »Außerdem wirst du, wenn wir nicht zusammen sind, deine Muskeln mehr trainieren.«

Sie grinst und ihre Vorfreude ist regelrecht zu spüren.

»Wir fangen morgen mit dem Schießtraining an. Ich werde alles nötige vorbereiten, während du brav meinen Anweisungen folgst, klar soweit?«

Plo nickt und schlingt voller Euphorie die Arme um meinen Hals. »Danke, danke, danke.« Immer wieder landet ihr süßer Mund auf meiner Wange.

Nein ... das ist kein skurriles Bild, auf dem der Auftragskiller sein Opfer in den Händen hält, während es sich bei ihm überschwänglich bedankt – Ironie aus.

»Fahr zurück in den Club, bevor dich jemand vermisst. Ich werde meine Klamotten packen und mir ein Motelzimmer organisieren.«

»Gut. Ich bin morgen um die gleiche Zeit wieder hier.«

Plo entschwindet aus der Scheune und lässt mich allein zurück. Nur kurz darauf kann ich die Harley hören und atme erleichtert auf.

Mischka, die Hades Sisters und die Black Skull ... im schlimmsten Fall haben wir mit dem Arrangement unser Grab geschaufelt. Ich verstehe ja, warum sie die Rechnung mit dem Russen selbst begleichen will. Doch die geballte Power des Clubs ... mir geht nicht in den Kopf, warum sie jene nicht ausschöpft.

Aber das wird auch noch ein Teil ihrer Ausbildung sein. Es hilft ihr nicht, gut schießen zu können oder ein Weltmeister im Messerwerfen zu werden, wenn sie nicht bei der Sache ist.

Dinge wie: Kann ich nicht. Will ich nicht. Oder, das geht doch nicht ... Will ich hier nicht hören. Wenn sie ihr Ziel vor Augen hat, werden Schmerz und Tränen ihr kleinstes Problem sein.

Ich habe alle Facetten meiner Ausbildung bereits hinter mir. Was Plo zu sehen bekommt, ist nur ein Bruchteil von dem, was mich auf meinem Weg begleitet hat. Ihr bleiben die Leichen und vergewaltigten Kinder erspart.

In Windeseile packe ich meine Sachen zusammen und verstaue sie wieder im Kofferraum des Camaro. So lang, wie Plo im Club ist, werde ich mir ein Zimmer mieten und endlich etwas essen.

Außerdem muss ich mich bei Mischka melden, damit er keinen Verdacht schöpft. Doch was sage ich dem Russen, damit er nicht sofort noch weitere Idioten schickt, die mir helfen sollen.

Das mit dem MC wird ihm nicht gefallen, denn es stellt zurecht ein erhebliches Risiko dar. Insbesondere, weil die Hades Sisters einen Verbündeten im Rücken haben, der bereits viele Jahrzehnte in Houston Gewicht trägt. Gegen ein Aufgebot von Rockern ... das wird er mich unter keinen Umständen allein regeln lassen.

Also muss ich mir schnellstens eine andere Ausrede einfallen lassen.

Ich steige in den Wagen und fahre zurück in Richtung Stadt. Kurz nach der Grenze gibt es ein kleines Motel, in dem ich mich für ein paar Tage einquartiere. Es ist nichts Besonderes, doch gut genug, um meine Pläne bezüglich des Russen zu verschleiern.

Im Zimmer nehme ich das Handy in die Hand, bevor ich überhaupt daran gehe, mich unter die Dusche zu stellen, was ich bitter nötig habe.

»Ah, mein Freund«, begrüßt mich Mischka beinahe sofort.

»Ich grüße dich«, antworte ich und versuche, meine Stimme so normal wie nur möglich klingen zu lassen.

»Was hast du für mich?«

Die Frage aller Fragen. »Ich bin einer Spur nach Houston gefolgt, doch bisher ohne Ergebnis. Ich werde ein paar Tage hierbleiben und mich auf die Lauer legen.«

War gar nicht so schwer.

»Gut. Wenn du Neuigkeiten hast, dann melde dich bei mir.«

»Wie gehabt, Boss.«

Erleichtert beende ich das Telefonat. Zumindest habe ich jetzt etwas Zeit, um Plo zu helfen. Doch damit werde ich mich nicht ewig retten können. Irgendwann will er Ergebnisse.

Aber die Kleine in wenigen Tagen ausbilden? *Holy fuck!* Das ist unmöglich.

Aus der Tasche hole ich mir Klamotten, bevor ich im angrenzenden Badezimmer verschwinde. Mein Kopf rattert unentwegt. Vielleicht ist es besser, Plos

Stärken zu finden und mich nur darauf zu konzentrieren. Doch wo liegen die?

Ihre Schwestern sind ihr um Jahre voraus und haben einen eigenen Charakter, der sie geprägt hat.

Plo ... sie ist eben ein Kind. Irgendwie. Nicht dass ich sie wirklich als eines sehe, denn das ist sie nicht.

Oh man ... Ich brauche dringend eine Pause und eine Mütze Schlaf.

# Kapitel 11

## Plo

»Hey, die Fahrt scheint dir gutgetan zu haben«, meint Ruin, nachdem ich die Harley abgeparkt habe und soeben absteige. Wenn sie wüsste, was mir den nötigen Auftrieb verschafft.

»Ja, ich denke, ich sollte öfters mal eine Runde drehen. Das mache ich viel zu selten. Nur im Club rumhängen ist wahrlich nicht gut gewesen.«

Es tut mir ein wenig leid, meine Schwester anzulügen. Sie hat das nicht verdient, denn Ruin ist eine Seele von Mensch.

»Das freut mich total, Plo. In letzter Zeit habe ich mir doch erhebliche Sorgen um dich gemacht. Umso besser, dass du etwas für dich gefunden hast.«

Ich lächele ... keine Frage, es kommt von Herzen, doch dort wächst ein kleines Geschwür. Ein Rachegeschwür. Ich bin viel zu lang mit Scheuklappen umhergelaufen.

»Übrigens hattest du recht. Hades hat sich die Aufnahmen aus dem Bordell angesehen. Der Barmann hat sich ordentlich bedient. Mary ist gerade los, um ihn zu verdeutlichen, dass wir so etwas gar nicht mögen.«

Ich nicke ... ja ja, die Mary wieder. Ob ihm das gefallen wird? Jeder hier weiß, wie die Vollstreckerin drauf ist. Und wenn Helldrok, ihr Old Man dabei ist, wird es nicht besser. Die beiden sind tödlicher als der Biss einer Klapperschlange. Selbst wenn man sie überlebt, dann hinterlassen sie Narben, die für immer bleiben.

»Weißt du, ob Kitty in ihrem Büro ist oder ist sie auch auf Achse?«, will ich von Ruin wissen.

»Also ich meine, dass ich sie vorhin noch dort gesehen habe, als ich von Hades gekommen bin.«

»Danke«, erwidere ich und gehe an ihr vorbei ins Clubhaus. Ich will für morgen auf alles vorbereitet sein. Außerdem habe ich auch noch Hausaufgaben, dic mir Radjk aufgetragen hat. Ich glaube, ich war zuletzt in der Schulzeit laufen und Muskeltraining? Was ist das?

Leise klopfe ich an und warte darauf, dass Kitty mich hineinbittet.

»Hey ... hast du kurz Zeit, Sergeant?«

»Für dich immer, Kleines. Komm rein«, sagt sie fröhlich. »Womit kann ich dir helfen? Ist wieder eine Kamera im Arsch?«

Sie sieht besser aus als noch vor ein paar Wochen. Die Männer von Salazar habe sie mit Schrot erwischt und sie war lange Zeit außer Gefecht.

»Ich will öfters auf die Straße, um den Kopf freizubekommen. Eine kleine Idee vom VP, weil ich mich ständig im Club verstecke. Allerdings würde ich mich sicherer fühlen, wenn meine Waffe in Ordnung wäre. Nicht dass ich vorhabe, jemals damit zu schießen ... aber du weißt schon. Im Notfall soll sie funktionieren.«

Auch Kitty kauft mir die Geschichte ohne weiteres ab. »Leg sie mir hin, ich werde mich sofort darum kümmern und du holst sie dir später ab. Falls du sonst noch etwas brauchst, lass es mich wissen.«

Ob es sehr auffällt, wenn ich sie nach Munition frage? »Ähm ... falls ich unterwegs oder so mal ein paar Trockenübungen machen möchte, kann ich dich dann auch noch nach Munition fragen?«

Kitty wirkt total entsetzt, aber nicht, weil ich den Wunsch geäußert habe, schießen zu wollen, sondern weil ich sie nach Munition frage.

»Na, warum solltest du das nicht können? Mary verballert mindestens eine Packung am Tag. Warum sollten nicht also ein paar für dich übrig sein? Mach dir nicht immer so viele Gedanken, Plo. Dir steht es genauso zu, wie jeder anderen Hades Sister.«

Nur das ich eben nicht JEDE bin und das ich nicht einfach nur so darum bitte.

»Danke, das ist wirklich lieb von dir.«

»Ach, komm schon. Nicht dafür. Ich bin froh, dass du langsam aus dem Schneckenhaus kriechst und wieder am Leben teilnimmst.«

Kitty und ich teilen dasselbe Schicksal, denn sie ist ebenfalls missbraucht worden. Zu meiner Anfangszeit in New York war sie eine große Stütze für mich.

Heute bin ich eher eine Einzelgängerin.

»Manchmal dauert es etwas.«

»Komm nachher nochmal rein. Ich kümmer mich gleich um dein Baby.«

Dankbar verlasse ich ihr Büro, um wieder in meiner Werkstatt zu verschwinden. Wie bekomme ich das mit dem Krafttraining jetzt hin? Wenn ich plötzlich im Sportraum stehe, weiß jeder, was los ist.

Allerdings nicht, wenn ich ein paar Motorradreifen wuchte. Nicht dasselbe, aber besser als nichts.

»Seitdem der Fehler behoben ist, läuft es ziemlich gut, hmm?« Ich schrecke beinahe zusammen, als ich Jeanne in der Werkstatt gegenüberstehe.

»Boah ... mein armes Herz. Musst du mich so erschrecken? Bis zu deiner Aufnahme hat sich kaum jemand hierher verirrt.«

Jeanne ist immer so fröhlich und strahlt Wärme aus, um die ich sie beneide. Es ist das, was Valeric zu ihr zieht. Ich weiß, dass zwischen den beiden mehr läuft, und ich gönne es ihnen von Herzen.

Manchmal wünsche ich mir einfach nur jemanden, der für mich da ist. Jemanden, der die dunklen Schatten vertreibt oder mit dem ich zusammen lachen kann.

»Liegt auch nur daran, dass mir der Schuppen meines Dads so fehlt. Hier fühle ich mich echt wohl.«

Hmm ... ich kann sie verstehen. Es ist eben mein Reich und ich habe die letzten Monate beinahe allein hier verbracht. Tag für Tag.

»Hast du heute noch etwas geplant oder wollen wir an den Maschinen weiterarbeiten?«, will sie wissen. Irre ich mich oder liegt ihr noch etwas anderes auf dem Herzen?

»Hör zu ... wenn du wegen Valeric versuchst, dich in irgendeiner Form bei mir zu entschuldigen, das musst du nicht. Ich freue mich für euch zwei ...

wirklich. Also mach dir bitte keine Gedanken darum.«

»Ach quatsch ... ich bin wirklich gern hier und ich mag dich.«

Hm ... mir bleibt nichts weiter übrig, als ihr genau das zu glauben. Und auch wenn es der unpassendeste Augenblick ist, bitte ich Jeanne nicht, zu gehen.

»Gut, dann kannst du dich ja um die restlichen Schriftzüge kümmern. Ich habe noch etwas im Büro zu erledigen.«

Schnell ziehe ich mich zurück, damit sie mir ja keine unangenehmen Fragen stellen kann. Ich bin durch Radjk und seine Aufgaben total aus dem Häuschen. Er will mir wirklich helfen und ich nehme das ganze sehr ernst. Es ist beschlossene Sache, dass ich bis aufs Blut trainieren werde, um den Russen aus der Welt zu schaffen.

Während der Heimfahrt ist mir sogar eine Idee gekommen, wie ich den Trip nach New York verschleiern kann. Meine Schwestern werden bei mir keinerlei Verdacht schöpfen, wenn ich ihnen sage, dass ich nur ein bisschen raus muss. Eine Bikerin gehört auf die Straße ... mit ihrem Baby.

Das wird ein Spaziergang ... das mit Mischka weniger, denn der Russe ist nicht blöd. Er hat mir mit Radjk bewiesen, dass es keine Grenzen für ihn gibt.

Nur mit meiner Gegenwehr rechnet er nicht und das ist meine einzige Chance. Wenn ich es vergeige und dabei drauf gehe, dann soll es so sein, doch ich will nicht mehr mit der Angst leben. Ich will endlich eine richtige Hades Sister sein. Meine Schwestern sollen stolz auf mich sein.

Bis es so weit ist, muss ich meine Kondition verbessern und das, ohne bei den restlichen Sisters Verdacht zu erregen. Gar nicht so einfach. Ruin hat, obwohl man sie selten sieht, immer alles im Blick. Sie ist das Auge und Ohr im Club. Selbst wenn man glaubt, sie ist tausende Meilen entfernt, bekommt sie alles mit.

Bei ihr muss ich mich am meisten in Acht nehmen.

»Ähm ... ich störe dich nur ungern, aber wenn ich die Folien kleben soll, dann brauche ich sie auch.«

Ich sehe Jeanne an und spüre regelrecht den Vorschlaghammer, der auf meinen Kopf zugerast kommt. »Oh, Fuck. Stimmt, die liegen ja bei mir. Sorry, ich war in Gedanken.«

Sie lehnt sich leicht gegen den Türrahmen und grinst mich an.

»Was ist so komisch? Darf ich nicht auch mal neben mir stehen?«

»Doch schon ... aber du siehst eher so aus, als hätte ich dich gerade dabei erwischt, wie du an heißen, perversen Sex gedacht hast«, erwidert sie ruhig, grinst aber dennoch süffisant.

»Sex? Schön wäre es«, rutscht es mir heraus, sodass ich mir schnell die Hände auf den Mund schlage, was Jeanne zum Lachen bringt.

»Ich mag dich, Plo ... echt. Im Gegensatz zu den meisten Ladys hier bist du einfach nur du.«

Soll mich das jetzt freuen? Ich möchte nicht nur ICH sein ... sondern eine Hades Sister.

»Was ist los?«, hakt sie sofort nach, als sie bemerkt, dass mich ihre Worte nicht erfreut haben.

»Nichts. Alles gut«, wiegele ich schnell ab.

»Na, komm schon. Das kannst du Hades verkaufen, aber nicht mir.«

»Ich wäre gern auch eine richtige Bikerin und nicht einfach nur ICH«, gebe ich zu. Jeanne wird ohnehin keine Ruhe geben.

»Echt jetzt? Das bist du doch längst. Wie kommst du darauf, es könnte nicht so sein?« Sie wirkt wirklich erschüttert über meine Worte.

»Sieh mich doch an, Jeanne. Ich kann weder schießen, noch mit dem Messer umgehen. Kämpfen noch viel weniger und alles, was meine Schwestern auszeichnet, fehlt mir.«

»Du bist bescheuert, Plo. Ehrlich! Man muss nicht so verrückt wie Mary, Kitty, Hades oder Ruin sein, um ein Teil der Sisters zu sein. Wer hat dir den Bullshit eingeredet?«

Bullshit? »Das ist kein Blödsinn. Ich merke doch, wie Hades mich andauernd ausschließt, weil sie denkt, ich sei zu unbedarft.« All der Frust, den ich angefressen habe, findet seinen Weg nach draußen.

»Oh, Plo. Niemand schließt dich aus. Ich bezweifele lediglich, dass Mary oder Kitty die richtigen Vorbilder für dich sind. Töten und Menschen verletzen, passt nicht zu einer Frau wie dir.«

Ach so? Wenn sie sich da mal nicht irrt. Ich werde einen Menschen verletzen und ich werde ihn sogar töten. »Warum bist du dann bei den Hades Sisters, wenn du eine derartige Meinung vertrittst?«, hake ich wütend nach.

»Weil ich gern eine Bikerin bin und Hallo? Ein Frauen MC. Wie viele hast du davon in den Staaten gesehen? Es geht mir nicht darum, so sein zu wollen wie die Vollstreckerin, sondern darum, in einer Gemeinschaft zu sein, die meine Interessen teilt.«

Als ich Jamie meine Hand gereicht habe, ging es um so viel mehr für mich. Ich wollte ein neues Leben ... eine verfickte Chance, um die Frau sein zu können, die ich verloren habe. Und jetzt? Ich bin meilenweit davon entfernt, überhaupt jemand zu sein.

# Kapitel 12

## Radjk

Den ganzen Morgen habe ich in der Scheune gestanden und alles für die Kleine vorbereitet. An Schlaf war kaum zu denken, denn ich habe keinen Schimmer, wie ich aus ihr eine Kämpferin machen soll.

Voller Erwartung steht Plo vor mir. Ich kann ihr die Euphorie nicht nur ansehen, sondern sie regelrecht spüren. Sie will ... sollte nicht genau das reichen?

»Hast du jemals eine Waffe in den Händen gehalten?«, will ich von ihr wissen.

Selbstbewusst zieht sie die Glock unter ihrer Kutte hervor. »Ja, wie du siehst, habe ich das«, erklärt sie frei raus.

»Oh, Kleines. Das meinte ich nicht. Ich will wissen, ob du jemals geschossen hast.«

Plo verdreht die Augen. »Nein. Bisher war das Baby nur reine Zierde.«

Ehrlich, ich bin versucht, ihr den Schraubenschlüssel in die Hand zu drücken, denn ich habe keinen Zweifel daran, dass jener perfekt zu Plo passt. Mein pochender Schädel stimmt mir unumwunden zu.

»Puh ... Es ist wichtig, wenn du mit einer Waffe schießen willst, dass du mehrere Dinge nicht aus den Augen verlierst.« Ich stelle mich hinter Plo, kicke ihre Beine weiter auseinander, sodass sie einen sicheren Stand hat, bevor ich die Schultern umfasse und sie nach hinten korrigiere.

»Der Stand ist wichtig, wie auch die Körpersprache. Selbst eine Glock kann mit ihrem Rückstoß dafür sorgen, dass dir das Gelenk rausspringt oder dir der Lauf ins Gesicht donnert. Insbesondere, wenn man so ein Hänfling ist, wie du es bist.«

Süß, wie sie schnappend um Beherrschung ringt.

Dicht hinter ihr, den Rücken fast an meinen Oberkörper gepresst, gleite ich mit den Händen an ihren Armen entlang, um sie anzuheben.

»Es gibt zwei Möglichkeiten. Wir werden herausfinden, was dir am besten liegt, Kleines. Zuerst fangen wir mit dieser Variante an. Die Arme weit vom Körper, die linke Hand stützt die rechte mit der Waffe.«

Ich bin für einen kurzen Augenblick abgelenkt, denn Plo wippt mit dem Körper hin und her, damit sie die beste Position einnehmen kann. Blöd nur, dass dabei ausgerechnet ihr süßer Hintern genau auf richtiger Höhe über meine Jeans reibt.

Kurzerhand beiße ich mir einfach auf die Unterlippe. Der Schmerz muss erden, was die Kleinegerade bei mir eingerichtet hat.

»So richtig?«, will sie wissen.

»Genauso. Wenn du die Waffe weit vom Körper entfernt hältst, sinkt das Risiko, dass du dich beim Schuss verletzt. Allerdings muss man dafür sehr ruhig sein, denn jede Bewegung beeinflusst deine Schussrichtung, sodass du im schlimmsten Fall nicht treffen wirst.«

Sie nickt.

Auch wenn ich mir bewusst bin, was ich mir gerade selbst zumute, stelle ich mich erneut dicht hinter Plo und umfasse ihre Hände.

»Beim ersten Schuss unterstütze ich dich, damit du weißt, was dich erwartet.« Ich möchte nicht, dass sie sich verletzt, denn beim ersten Mal kann das schnell passieren. Die meisten rechnen nicht damit, dass der Rückstoß einer kleinen Waffe ebenfalls immens sein kann.

»Ich habe vor dir einige Dosen aufgestellt. Du visierst sie an und drückst ab, okay?«

»Alles klar«, erwidert sie selbstsicher.

»Puh ... dann los. Knall die bösen Dosen ab. Mach sie fertig«, sage ich im Scherz.

Plo ruckt mit dem Hintern nach hinten und trifft erneut genau meinen Intimbereich, der nach ihrer ersten Attacke leicht *verändert* ist.

Scharf ziehe ich die Luft ein, ohne dass sie es mitbekommt. *Holy* ...

Plo ist ganz ruhig, visiert die Dose an. Ihre Atmung geht beständig, leicht ... sie ist konzentriert und es dauert einen Moment, ehe sie tatsächlich abdrückt.

Wie nicht anders erwartet, bringt sie der Rückstoß aus dem Konzept. Erschrocken darüber landet sie an meinem Oberkörper.

»Heilige Scheiße ist das krass«, ruft sie aus und setzt ein weiteres Mal an.

Ich unterbreche sie nicht, bleibe lediglich in Plos Rücken, um sie abzufangen, sollte sie sich verschätzen.

Der zweite Schuss geht ihr schon leichter von der Hand. Sie strauchelt schon weniger.

»Das Ding ist kaputt ... Wieso treffe ich nicht?«

Lachend nehme ich ihr die Waffe aus der Hand, richte sie nach vorn und drücke ab. Ohne hinzusehen, weiß ich, dass sie die Dose vom Platz räumt.

»Du musst zielen, Baby. Ansonsten wird das wohl nichts.«

Sie sieht mich musternd an, bevor sie mir die Glock aus der Hand nimmt. »Ich habe gezielt. Das Ding ist nur verhext.«

Ich kann über diese Frau nur den Kopf schütteln. Jetzt, genau in diesem Moment, habe ich wahrlich das Gefühl, dass Plo noch ein halbes Kind ist.

»Niemand trifft beim ersten Mal. Das erfordert viel Übung, Kleines.«

»Aber die Zeit habe ich nicht«, begehrt sie auf. Süß schiebt sich ihre Unterlippe nach vorn, während sie auf der anderen herumkaut.

»So schnell gibst du auf?«, stichele ich leicht. Natürlich tut sie das nicht, doch sie lässt sich viel zu leicht aus dem Konzept bringen.

»Neuer Versuch, Baby.«

Erneut stellt sie sich breitbeinig hin, nimmt die Knarre nach oben und drückt ab.

Schuss für Schuss hallt durch die Scheune, dann wechselt sie das Magazin und beginnt von Neuem.

Ich sehe ihr aufmerksam dabei zu, korrigiere sie notfalls. Plo lernt schnell und findet schon nach kurzer Zeit Sicherheit. Sie trifft zwar nicht oft, aber jeder kleine Erfolg scheint sie nach oben zu pushen.

»Langsam wird es, Kleines. Ich bin sehr zufrieden mit dir.«

Nur Plo nicht mit sich, wie ich auf den ersten Blick erkennen kann. Ihre Schultern sacken zusammen und sie lässt den Kopf leicht hängen.

»Wie soll ich das so schnell schaffen?«

Normalerweise würde ich sagen mit Geduld und viel Übung. Beides ist schlecht möglich, denn ich kann Mischka nicht ewig hinhalten.

»Setz dich nicht so unter Druck, denn dann wird es nichts. Fokussier dich auf dein Ziel, Kleines.«

Wütend kickt sie den Staub vom Boden durch die Scheune und knurrt undamenhaft.

»Vielleicht lassen wir das kurz mit den Schussübungen.«

Ohne Vorwarnung greife ich Plo an, lege ihr meinen Arm fest um den Hals, sodass die Beuge einen leichten Druck auf ihren Kehlkopf ausübt.

»Wehr dich, Baby. Lass mich deine Wut spüren«, triggere ich den kleinen Wildfang.

Ihr Ellenbogen landet in meinem Rippenbogen, sodass ich die Umklammerung auflöse, doch Plo setzt nach, rammt ihr Knie fast in meine Weichteile und holt mit der Faust kräftig aus.

Damit habe ich nicht gerechnet und ihr so den Weg geebnet, mich auf den Boden zu befördern.

»Oh, mein Gott, das wollte ich nicht. Hab ich dir wehgetan, Radjk?«

Niemals die Deckung außer Acht lassen, Baby. Obwohl ich auf den Knien bin, nehme ich ihr mit einem Schlag das Gleichgewicht. Plo knallt direkt vor mir auf den Boden und kämpft gegen den Schmerz, doch ich bin bereits über ihr.

»Willst du jeden Gegner fragen, ob du ihm wehgetan hast?«

Sie windet sich, versucht erneut, nach mir zu schlagen, doch ich fange ihre Arme mühelos ab und halte sie über ihrem Kopf gefangen.

Nase an Nase sehen wir uns an. Ihr Atem geht schwer und auch ich muss mit mir kämpfen. Nicht, weil sie mich derart überrascht hat, sondern weil ihre Mitte fortwährend über meine Härte reibt. *Fuck!*

»Stopp!«

Plo sieht mich ganz entgeistert an ... und begreift binnen weniger Sekunden, was sie gerade tut.

»Oh, mein Gott. Das ist mir so unangenehm ... ich wollte dich nicht ... also ... sorry.«

»Was? Mich geil machen? Habe ich ehrlich gesagt auch nicht erwartet, dennoch ist es nicht gut, wenn du ständig über meinen Schwanz reibst, Kleines. Einen Moment länger und ...« Bewusst spreche ich den Satz nicht aus.

»Lass mich los, Radjk. Es tut mir leid, wirklich. Das lag nicht in meiner Absicht. Es ist nur ... also ... Ich sollte mich wehren und ...«

Gegen jede Vernunft nutze ich die Nähe zwischen uns und verschließe ihren Mund mit einem Kuss. Sei es der dauernden Reizung meiner Männlichkeit geschuldet, doch ich kann einfach nicht anders.

Angelique wehrt sich nicht ... im Gegenteil, sie erwidert den Kuss, saugt sich regelrecht an meinen Lippen fest.

Ich gebe ihre Hände frei und erlaube meinen, auf Wanderschaft zu gehen. Sie ist so verdammt zierlich, dass meine riesigen Pranken unnatürlich groß auf ihrem Körper wirken.

Durch das Top necke ich die kleinen Brustwarzen, die sich hart darunter abzeichnen. Sie stöhnt in unseren Kuss, reibt ihre Mitte hart über meinen Schwanz.

So war das nicht geplant. Ich sollte das stoppen, bevor es richtig beginnt ... doch ich kann nicht.

Wild gleiten ihre schmalen Finger unter mein Shirt, spuren die Muskeln meines Oberkörpers entlang, ehe sie sich in die Haut graben.

Inmitten einer dreckigen Scheune bin ich im Begriff die Kleine zu vögeln. Als mir genau das bewusst wird, ziehe ich mich zurück.

»Das ist keine gute Idee, Plo.« Schweratmend richte ich mich auf und versuche, meine Oberhand wieder zu gewinnen.

Plo steht in der Zwischenzeit ebenfalls auf, doch anstatt die Warnung ernst zu nehmen, die ich ihr eben geben wollte, zieht sie die Kutte aus und wirft sie auf den Boden.

Auch das Top folgt, unter dem sie keinen BH trägt. Muss sie nicht, denn ihre perfekten kleinen Rundungen haben es nicht nötig.

Vor mir öffnet sie den Knopf ihrer Lederhose und lässt sie verführerisch nach unten gleiten, bis sie hinaussteigt.

Mein Schwanz, der miese Verräter, reagiert instinktiv drauf. Zuckend presst er sich gegen die enge Jeans, während ich nur dabei zusehen kann, wie Plo ihre Hüllen fallen lässt.

Als wäre es nicht genug, kommt sie sofort nackt auf mich zu, nachdem auch die Hose in der Nähe der Kutte gelandet ist.

»Hast du Angst, Killer?«

Grob packe ich Plo im Nacken, dirigiere sie an meine Brust. *Holy* ... Das Weib ist absolut verrückt. Dumm nur, dass es mich total anmacht. In diesem Punkt scheint Plo keinerlei Berührungsängste zu besitzen.

»Was soll das werden, wenn es fertig ist?« Ein jämmerlicher Versuch, die Kleine von ihrem Vorhaben abzubringen, denn ich weiß bereits, dass ich sie gleich ficken werde.

Ich werde mich nicht beherrschen, wenn sie sich so bereitwillig an meinen Körper schmiegt.

»Wonach sieht es aus, Killer?« Die leichte Provokation in ihren Worten entgeht mir nicht und jagt wie ein Stromstoß direkt in meinen pulsierenden Schwanz.

»Reizt du mich, kleine Bikerin?« Statt einer Antwort greift sie mutig zwischen meine Beine, massiert meine Härte und macht deutlich, was sie will.

Plo lässt mir keine Wahl ...

# Kapitel 13

# Plo

Mir sind sämtliche Sicherungen durchgebrannt. Wie sonst soll ich mir erklären, dass ich den Mann an den Eiern gepackt habe, der mich töten wollte.

Ihm Vertrauen? Genau das habe ich getan, indem ich ihn nicht nur freigelassen, sondern ihn auch darum gebeten habe, mich zu trainieren.

Doch was ich nun im Begriff bin zu tun, übersteigt jegliche Grenzen, die ich hätte ziehen müssen.

Ich will, dass er mich wieder küsst. Dass er das beständige Pochen meiner Klit mildert und seinen Schwanz in meiner Mitte versenkt. Allein was ich durch die Jeans gespürt habe, verspricht so viel ... so viel von dem, nach dem ich mich verzehre.

Seine blauen Augen fixieren mich, versuchen abzuschätzen, wie ernst ich das hier meine.

Ich zeige es ihm, überwinde die kleine Lücke zwischen uns, stelle mich auf die Zehenspitzen und küsse Radjk. Explosionsartig breitet sich das Feuer in mir aus, denn endlich gibt er die Zurückhaltung auf.

»Holy Fuck ... du bist ein kleines Misstück«, raunt er zwischen zwei Küssen. Zügellos zwingt mich Radjk auf seine Hüfte, wo ich deutlich seinen harten Schwanz an meiner Perle spüren kann.

Der raue Jeansstoff reibt unentwegt darüber, reizt die empfindlichen Falten, die vor Lust bereits geschwollen sind.

Verbissen nestele ich an den Knöpfen der Hose, um ihn endlich zu befreien. Ich will seinen prallen Schwanz in meiner Pussy ... ganz gleich, wie bescheuert das hier eigentlich ist.

»Wie kann ein Mädchen wie du nur so dermaßen geil drauf sein, Baby.«

Radjk lässt sich nicht mehr bitten. Hart gleitet das Prachtexemplar durch meine Falten, ehe nur ein harter Stoß mich in tausend Teile zerbersten lässt.

Mein lauter Schrei hallt durch die leere Scheune. Meine Nägel graben sich tief in seine Haut.

Er füllt mich bis auf den letzten göttlichen Zentimeter aus und dehnt meine enge Pussy.

»Heilige Scheiße, Baby ...« Mehr kommt nicht über seine männlich markanten vollen Lippen, in die ich voller Sehnsucht hineinbeiße.

»Nein ... keine Heilige Scheiße ... nur eine Hades Sister und jetzt fick mich endlich.«

Seine Zähne treffen auf das weiche Fleisch meines Nackens, beißen sich regelrecht daran fest, während er hart in meine Mitte rammt. Jeder Stoß zwängt mich ein Stück die Wand in meinem Rücken nach oben.

Ist das ein geiler Scheiß! Schon mit Valeric ging es heftig zur Sache ... aber mit Radjk. *Holy Fuck*. Sein dicker Schwanz, die harten Stöße und der süße Schmerz bringen mich an meine Grenzen.

Animalisch ... geil ... ein absolut fantastischer Fick.

Mit geschlossenen Augen lehne ich mich gegen die Bretterwand, ignoriere, dass das abgeranzte Holz meinen Rücken aufreißt. Ich will ihn tiefer in mir ...

Radjk packt meine Hüfte, gräbt sich bis zum Anschlag in meine nasse Mitte.

»Du gehörst in Ketten gelegt. Von wegen ... Deine Schwestern unterschätzen dich gewaltig, Plo.«

Grinsend öffne ich die Augen und sehe ihn an. Seltsam, dass ausgerechnet Sex die Waffe zu sein scheint, mit der ich am besten umgehen kann.

»Quatsch nicht und fick mich weiter«, stichele ich.

Ich bin kurz davor, wie eine Bombe zu explodieren. Meine gesamte Mitte pocht und pulsiert.

»Freches Miststück«, raunt er, bevor er meinen Mund wieder für sich beansprucht. Neckend verbeißt er sich in meiner Unterlippe, jagt den süßen Schmerz durch mein Innerstes, nachdem ich mich so sehr verzehre.

Wie sehr mich die zwei Jahre als Nutte geprägt haben, spüre ich erneut, als der Wunsch aufkeimt, noch härter rangenommen zu werden.

Radjk soll mir wehtun. Ich sehne mich danach, dass sich Lust und Schmerz miteinander vermischen. Sie sollen mich aus der Umlaufbahn katapultieren ... mich verbrennen ... mich zeichnen ... mich formen.

Das ist es, was Valeric und mich auseinandergetrieben hat. Der Sergeant at Arms war zu weich. Er konnte nicht grob sein. Ein harter Fick ersetzt keine natürliche Dominanz, wie sie von Radjk kommt. Ich weiß nicht einmal, ob er sich dieser bewusst ist.

Ich genieße jedes harte Vordringen, kralle mich fester in seinen Rücken, um den Druck zwischen meinen Schenkeln nach oben schnellen zu lassen.

Es dauert nicht mehr lang und ich ahne, dass der Orgasmus mich wie eine Handgranate in tausend Teile zerfetzen wird.

Ich komme ihm entgegen, nehme ihn noch tiefer auf. Unser Stöhnen vermischt sich, Nässe läuft an meinen Schenkeln hinab, bis sie auf den erdigen Boden tropft.

Sein Schwanz schwillt in mir an, bringt meine Muschi zum Zucken. Hart umfängt sie ihn, massiert ihn und treibt Radjk geradewegs auf den Höhepunkt zu.

Ich kann spüren, wie sich unsere Lust bündelt, wie sie ansteigt ... und schließlich explodiert.

Laut schreiend kommentiere ich meinen gigantischen Orgasmus, der wahrhaftig mein Innerstes zerfetzt.

»Holy ...«, knurrt er. Sein unstetiger Atem fächert über meine Wange.

Was für ein gigantischer Trip, der mich theoretisch fürs erste gesättigt haben sollte ... doch ein Blick in seine blauen Augen reicht aus, um noch mehr zu wollen. Dennoch lasse ich zu, dass er mich auf die Beine zurückstellt.

Mit zitternden Knien gehe ich ein paar Schritte. Das Sperma, gemischt mit meiner Nässe läuft an meinen Beinen herab ... ein deutliches Zeichen dafür, dass ich mir diesen Wahnsinnsfick nicht eingebildet habe.

Entschlossen drehe ich mich zu Radjk um, packe seine Nacken und dirigiere ihn zu mir. Erneut treffen sich unsere Lippen, verschmelzen zu einem wunderbar sinnlichen Orchester. Ich will mehr ... jetzt.

Seine Hände, umfangen meine Hüfte, graben sich tief in mein helles Fleisch.

Meine Hand umfasst den Halbsteifen, der sich sofort bei meiner Berührung aufrichtet und heftig pulsiert.

Ohne groß darüber nachzudenken, sinke ich vor ihm auf die Knie, um sofort mit der Zunge über die köstliche Härte zu lecken. Ich kann mich schmecken und das Sperma, das nur wenige Minuten zuvor meine Muschi geflutet hat.

Seltsam nicht? Das, was mir am meisten Angst machen müsste, ist das, was mich beflügelt wie nie etwas zuvor.

Seine Hände landen auf meinem Hinterkopf, zeigen mir überdeutlich, was er will und was ich ihm nur zu gern gewähre. Tief nehme ich seinen Schwanz in den Mund, bis er auf die Barriere meines Rachens trifft. Kreisend bewegt er seine Hüfte, hält ihn dort und zieht sich zurück.

Jeder Vorstoß wird gnadenloser, tiefer und länger. Er nimmt sich, was er will und es gefällt mir. Es ist so verdammt geil, dass unentwegt Saft auf den Boden tropft, der mit Sicherheit schon eine kleine Pfütze vorweist.

Ich kann spüren, wie er in meinem Mund anschwillt ... doch soweit lässt es Radjk nicht kommen.

Grob zieht er sich zurück, ehe er mich auf alle viere zwingt. Meinen Oberkörper presst er auf den erdigen Boden, sodass meine Nippel den rauen Untergrund berühren.
Zwischen meinen Falten gleiten seine Finger ungeniert durch die schmatzende Nässe.

»Du bist so feucht, Baby.« Es ist deutlich zu hören, wie sehr ihn das anmacht und er sie ungeduldig auf meinem Anus verteilt.

Ich kann nicht anders, fasse mir zwischen die Beine, um die pochende Perle zu streicheln. Sein Schwanz, der kurz davor ist, mein enges Loch für sich einzunehmen, bringt mich beinahe um den Verstand.

Stück für Stück erobert er meinen Arsch, presst sich in das enge Loch ... begleitet durch mein heiseres Stöhnen.

»Du siehst aus wie ein Engel und bist doch so verdorben, Kleines.«

Wenn er wüsste! Langsam gleitet er bis zum Anschlag in meinen Arsch, füllt mich auch dort komplett aus. Zusammen mit der harten Behandlung meiner Klit - ein Todesstoß ... Mit einem lauten Schrei komme ich, ziehe mich fest um seinen Schwanz zusammen.

Radjk muss sich auf mir abfangen, denn die starke Kontraktion fordert all seine Selbstbeherrschung.

»Fick mich endlich«, keuche ich stoßweise. Meine Welt ist durch ... absolut aus den Angeln gehoben, doch ich will wissen, wie es sich anfühlt. Ich will, dass er sich verliert und mich vollkommen in Besitz nimmt.

»Stütz dich mit den Händen ab, Kleines.«

Ich komme seiner Bitte nach, gerade noch rechtzeitig, um mich gegen den harten Stoß zu stemmen. Es zerreißt mich regelrecht.

Radjk stöhnt, knurrt irgendetwas auf Russisch und wiederholt das Ganze. Das gibt mir eindeutig den Rest.

Würde er nicht längst den Arm um meine Mitte schlingen, wäre ich jetzt einfach in mich zusammengebrochen.

Ich habe damals oft von Freiern gehört, dass sie mich bewusstlos ficken wollen ... keinem ist es gelungen. Bei Radjk wäre ich mir nicht so sicher.

Mein Sichtfeld verschwimmt bereits ... kleine Punkte breiten sich auf meiner Iris aus.

Jeder Vorstoß nimmt zu und gleitet mich ins Nichts. Blut rauscht in meinen Ohren ... die Punkte vervielfältigen sich rasant.

Mein Unterleib pulsiert ... ich richte mich auf, suche an seinem Körper Halt, den ich dringend benötige.

»Radjk ...«, kommt es mir schwach über die Lippen, vermischt sich mit seinem Knurren.

Bebend schnellt eine weitere Welle durch meinen Körper. Ein Orgasmus gewaltiger als der vorherige reißt mich von den Füßen.

In seinen Armen bin ich sicher ... ich seinen Armen bin ich geborgen ... gerade noch rechtzeitig, bevor es mich endgültig aus den Latschen haut.

# Kapitel 14

# Radjk

Ich halte die bewusstlose Frau in meinen Armen, während ich selbst von meinem Trip runterkomme.

Heilige Scheiße ... noch einen Moment länger und mich hätte es ebenfalls komplett ausgeknockt. Das habe ich nicht erwartet.

Vorsichtig ziehe ich mich aus ihr zurück, damit ich sie auf meine Arme heben kann. Angelique ist vollkommen weggetreten und hängt wie ein Schluck Wasser an mir.

An der Seite lasse ich mich auf den Boden sinken und bette sie an meiner Brust.

»Was hast du nur mit mir angestellt, Kleines?« Ich kann immer noch nicht fassen, was hier gerade passiert ist. *Fuck.* Ich wollte nicht mit ihr schlafen, das alles hat sich einfach verselbstständigt. Woran Plo auch nicht ganz unschuldig ist. *Holy* ... die Kleine ist wie ein Vamp über mich hergefallen. Wenn ich das jemanden erzählen würde, er würde es mit Sicherheit nicht glauben.

Angelique ist so klein, zierlich und unschuldig ... dass mich ihr Verhalten regelrecht getriggert hat. Ich habe schon viele Frauen gehabt, doch bisher ist mir keine unter die Augen getreten, die nur Ansatzweise, wie sie ist.

»Hey, Dornröschen, da bist du ja wieder. Also das mit dem Nirwana Vögeln ist mehr als Scherz zu verstehen.«

Sie grinst und öffnet flatternd ihre Lider. »Ist dir gut gelungen. Dafür bekommst du ein Ehren-Patch, sobald mein Hirn wieder seine normale Funktion aufgenommen hat.«

Kopfschüttelnd bedenke ich die Kleine in meinen Armen, die sich wie selbstverständlich an mich schmiegt.

Bisher habe ich Affären und auch Beziehungen zu Frauen gemieden. In meiner Nähe wären sie einer zu großen Gefahr ausgesetzt. Theoretisch ist es auch bei Angelique so, denn im Grunde bin ich der Mann, der abkommandiert wurde, um sie zu töten. Statt den Auftrag auszuführen, helfe ich ihr und jetzt haben wir sogar miteinander geschlafen. *Fuck.* Was für ein jämmerlicher Killer bin ich eigentlich?

»Also bei uns Bikern beziehungsweise Bikerinnen verhält sich das so: Finden, Beanspruchen, Behalten.« Es kommt ihr so leicht über die Lippen, dass ich nur einen Moment an der Ernsthaftigkeit der Aussage zweifele.

»Bei uns Killern läuft das so: Finden, Ausweiden ... Verschwinden.«

Wir müssen beide lachen, doch wenn ich mir Angelique so ansehe, dann kann ich deutlich spüren, dass sich zwischen uns etwas verändert.

Die Luft um uns herum flirrt regelrecht vor Spannung. Es ist ein Fehler, sich genau jetzt zu ihr hinunterzubeugen und ihre süßen Lippen zu küssen. Denn genau das ist es, was das Band zwischen uns unwiderruflich knüpft.

Ich gebe es nur ungern zu, doch diese Frau besitzt ein gewaltiges Potential an Suchtgefahr. Doch nicht nur das. In mir wallt das unbändige Bedürfnis auf, sie zu beschützen. Ich will nicht, dass Angelique auch nur ein Haar gekrümmt wird.

»Sieh mich nicht so an, Killer.«

»Wie sehe ich dich denn an, Baby?«

Sie legt die Finger unter ihr Kinn und tut so, als müsste sie überlegen. »Hm ... ein bisschen so, als hätte ich dein Weltbild zerstört.«

Oh, wie verdammt recht sie damit doch hat. Sie hat es zerstört. Unwiderruflich. Angelique ist auf so viele

Arten ein Widerspruch in sich. Allein ihre kindliche Art, die immer wieder zum Vorschein kommt, gefolgt von dem kleinen Vamp, mit dem ich gerade geschlafen habe.

»Ich frage mich die ganze Zeit über, wer du eigentlich bist, Baby.« Welches Wesen schlummert hinter der Fassade, denn das sie eine besitzt, steht für mich außer Frage ...

Unsicher richtet sich Angelique auf und geht zu ihren Klamotten. Es ist ihr deutlich anzumerken, dass ich mit meiner Frage einen wunden Punkt getroffen habe.

»Was ist los, Kleines?« Sofort bin ich bei ihr und will sie in meine Arme ziehen.

»Alles gut. Ich muss nur zurück in den Club. Die anderen sind es nicht gewöhnt, wenn ich so lang fernbleibe.«

Ich weiß genau, dass sie sich damit nur herausredet.

»Es tut mir so leid, Radjk. Ich hätte mich nicht so verhalten dürfen«, setzt sie nach, während sie zurück in die Sachen schlüpft.

»Was soll das denn heißen? Wenn ich es nicht gewollt hätte, dann wäre es nie dazu gekommen, Kleines. Sag mir, was wirklich los ist.«

Angelique lässt sich jedoch auf kein weiteres Gespräch mehr ein. Ich kann nur zusehen, wie sie in

Windeseile aus der Scheune verschwindet. Nur Sekunden später erklingt die Harley, deren Bollern immer weiter abnimmt.

Habe ich sie mit meiner Frage wirklich so sehr aus dem Konzept gebracht? Offenbar schon, denn es passt einfach nicht zu ihr, dass sie einfach so abhaut.

Ach, Fuck. Ohne darüber nachzudenken, laufe ich aus der Scheune und springe in den Wagen. Da ich weiß, wo sie hin will, ist es kein Problem, ihr zu folgen.

An einer Kreuzung habe ich sie eingeholt und setzte den Camaro direkt vor die Harley.

»Was soll das werden?«

Hinter uns bildet sich sofort eine Traube aus wütenden Autofahrern, doch das blende ich aus.

»Was glaubst du? Ich lasse dich nicht einfach so fahren, wenn ich weiß, dass etwas nicht stimmt.«

»Dafür hältst du den gesamten Verkehr auf? Das ist doch Bullshit!«, zischt sie mich wütend an.

»Findest du? Erst schlafen wir beide miteinander und dann haust du plötzlich ab. Was soll ich da denken?«

Sie lehnt sich auf der Harley zurück und funkelt mich mit einem Blick an, der mich warnen sollte.

»Hey, was wird das hier?«, brüllt ein wütender Autofahrer hinter uns.

Zeitgleich ziehen wir die Waffen und richten sie nach hinten, ohne den Blick voneinander zu nehmen.

»Wir haben miteinander gevögelt, war geil und jetzt muss ich einfach nur zurück und zwar bevor meine Schwestern Verdacht schöpfen. Was glaubst du, machen sie mit dir, wenn sie uns zusammen erwischen?«

Ohne auf den stummen Hinweis zu achten, trete ich an die Maschine heran, lege den freien Arm um Angelique und küsse sie.

Noch immer haben wir die Waffen auf den Mann hinter uns gerichtet.

»Sehen wir uns morgen wieder, Kleines?«, will ich atemlos von ihr wissen, nachdem ich den Kuss beendet habe. Irgendetwas sagt mir, dass sie sich herauswinden will.

»Wenn du nicht weiter die Straße behinderst, ja. Ich muss wirklich zurück, okay? Das hat nichts mit dir zu tun.«

Nur widerwillig ziehe ich mich zurück, doch bevor ich in den Wagen steige, sehe ich mich noch einmal zu ihr um. »Ich bin im Motel an der Ecke«, rufe ich ihr zu und deute auf den Schnuppen unweit unserer Position.

Sie nickt und lächelt. Nicht das, was ich erwartet habe, aber besser als nichts.

Endlich gebe ich die Straße wieder frei und fahre zum Motel. Weit ist es ja nicht mehr, sodass ich noch zusehen kann, wie Angelique mit ihrer Harley an mir vorbeifährt.

Mir bleibt vorerst nichts weiter übrig, als abzuwarten und ihr den Raum zu geben, den sie offenbar gerade benötigt.

# Kapitel 15

»Diese kleinen miesen Pisser lernen es einfach nicht«, knurre ich und trete aus dem Laufhaus, das den Hades Sisters gehört.

Normalerweise geht Helldrok und mich der Scheiß nichts an, doch wenn am helllichten Tag eine Nutte brutal zusammengeschlagen wird, sieht das etwas anders aus.

Das Hupen in der Nähe erregt meine Aufmerksamkeit und drängt die Worte meines Old Man in den Hintergrund.

»Holy ... ist das nicht Plo?«, will ich von ihm wissen. Mich trifft der Schlag. Sie steht an einer

Kreuzung und ein schwarzer Camaro blockiert die Straße.

Der Mann, der ihr gegenübersteht, redet auf sie ein, bis ein anderer Autofahrer sich beschwert und beide unisono die Knarre zücken.

»Gut ... jetzt bin ich auch platt, Baby.«

Er sagt es ... doch noch mehr verwirrt mich der Kuss.

»Was haben wir verpasst?«, will ich von Alexander wissen, der genau so sprachlos neben mir steht.

»Wüsste ich auch gern, Baby. Ich notiere mir das Kennzeichen und jag ihn durchs Register. Dann wissen wir, was da läuft.«

Ja, vermutlich sollte er das. Obwohl außer Frage steht, dass die beiden sich kennen.

Steckst du in Schwierigkeiten, Mädchen? Ich muss mich wirklich zurücknehmen, um nicht auf die Kreuzung zu sprinten.

»Lass uns fahren.«

»Ja ... lass uns fahren.«

# Kapitel 16

# Plo

»Ich bin so dumm. Dumm. Dumm. Dumm.« Wütend kicke ich den Mülleimer durch mein Büro.

»Soll ich dir helfen, Plo?«

Erschrocken schreie ich auf, als Mary inmitten des kleinen Raumes steht und die Tür hinter sich schließt.

Ihre finstere Miene und auch die verschränkte Arme stellen eine deutliche Warnung dar. Ich kann sie spüren ...

»Nein ... warum solltest du?«, erwidere ich ruhig, dennoch zittert meine Stimme.

»Warum bist du dumm?«, hakt sie nach. Auch ihr ist nicht anzuhören, welche Spannung sie durch ihre Körpersprache nach außen zeigt.

»Hattest du noch nie einen beschissenen Tag?«, will ich wissen.

»Ziemlich viele in letzter Zeit, wie du weißt.«

Die Stille ist bedrückend ... Sie foltert mich allein mit ihrer Anwesenheit. Ein Spiel, das Mary perfekt beherrscht.

»Ich musste heute ins Laufhaus, weil wieder ein Penner der Meinung war, eine unserer Nutten zu verprügeln.«

»Das hört einfach nicht auf, oder?«

»Nein, aber dafür bin ich ja da. Ich kümmere mich um Probleme. Das ist mein Job. Und das weißt du auch oder, Angelique?«

Langsam setze ich mich auf die Kante vom Schreibtisch und weiche ihrem bohrenden Blick nicht aus.

»Was soll das werden, Mary? Willst du mich verurteilen, weil ich einfach einen beschissenen Tag hatte?«

Mary beißt sich auf die Unterlippe und scheint nachzudenken, doch während ich mich auf ihren Mund konzentriere, holt sie aus.

Schmerzhaft landet ihre Faust auf meinem Kinn und fegt mich regelrecht vom Schreibtisch.

»Bist du bescheuert, Mary?« Ich fasse mir an die Stelle, doch sie holt ein weiteres Mal aus. Nur dass ich den Schlag kommen sehe und ihn abfange.

»Lass den Blödsinn«, keuche ich, denn Mary setzt sofort nach. Erneut landet sie einen Treffer, der mich auf den Boden schickt.

»Du wirst dich von dem Kerl fernhalten. Hast du mich verstanden?«

Was? »Von welchem Kerl sprichst du überhaupt?«, stelle ich mich ahnungslos.

Der Tritt direkt gegen meine Rippen kickt mich ins Aus. Ich keuche und ringe nach Luft.

»Radjk. Der Auftragskiller aus New York, den du heute auf offener Straße geküsst hast, Kleines. Er ist ein Außenstehender und noch dazu eine potentielle Gefahr. Du lässt die Finger von ihm, klar?«

»Ist klar«, sage ich wimmernd. Ohne es verhindern zu können, laufen mir bereits die Tränen über die Wangen.

Ich hätte schon allein kapiert, wie bescheuert die Idee mit Radjk war. Insbesondere jene, mit ihm zu schlafen.

»Oh, verdammt, Plo.«

Ich liege noch immer auf dem Boden, als Jeanne hereingestürmt kommt. Am liebsten wäre ich einfach nur allein mit mir.

»Ist gut ... Mach dir bitte keinen Kopf um mich«, ringe ich mir unter Tränen ab. Ich will kein Mitleid ... schon gar nicht von ihr.

»Keinen Kopf um dich machen? Du blutest und liegst weinend auf dem Boden. Außerdem habe ich gesehen, was Mary eben getan hat. Sag mir, was los ist, damit ich dir helfen kann.«

Mir kann niemand helfen. Das mit Radjk habe ich allein verbockt. Ich habe bereits geahnt, was geschieht, sobald die anderen davon Wind bekommen. Doch musste es ausgerechnet Mary sein?

»Soll ich Hades Bescheid geben? Sie kann dich nicht einfach grundlos zusammenschlagen ...«

»Halt einfach die Klappe, okay? Mary tut nie etwas, ohne dafür einen Grund zu haben. Was sie getan hat, war gerechtfertigt, okay? Ich habe gegen die Clubregeln verstoßen, indem ich mit meinem Mann geschlafen habe, der eine Gefahr für jede von uns darstellt. Sie hatte all das Recht, mich darauf hinzuweisen«, brülle ich ihr entgegen, während ich mich aufrappele.

Jeanne sieht mich nur verwirrt an und verhindert nicht, wie ich aus meinem Büro und anschließend aus der Werkstatt stürme.

Trotz der Blicke all der anderen Schwestern eile ich in den Club, direkt zu Hades ins Büro.

Es interessiert mich nicht, dass sie im Gespräch mit einer anderen Sister ist.

»Was ist los, Plo?« Sofort ist sie aufgesprungen und sieht sich meine Verletzungen an. »Wer war das?«

»Ist unerheblich, Präs. Ich möchte für ein paar Tage raus. Einfach nur das Bike und ich. Anders bekomme ich das Chaos in meinem Kopf nicht mehr in den Griff. Bitte.«

Sie sieht mich lang an, ehe sie der anderen Sister bedeutet zu gehen. Auch Dean ist aufgestanden und hat sich vorn auf den Schreibtisch gesetzt.

»Wer hat dich geschlagen?«, will nun auch er wissen. »Hat einer meiner Jungs Mist gebaut?«

Ich schüttele nur den Kopf, denn meine Stimme würde unweigerlich versagen, sobald auch nur ein Wort über meine Lippen kommt.

»Verdammt Plo ... was ist los?«

Mary stürmt ins Büro. Ihr Blick bleibt auf mir kleben. Ich will ihr die Oberhand nicht lassen. Ihre Attacke eben in der Werkstatt war Demütigung genug für mich.

»Ich habe einen Fehler gemacht, Jamie. Vermutlich habe ich dich damit so enttäuscht ... Das ... Alles ...«

»Jetzt beruhig dich. Was ist passiert, Angelique?«

Langsam drückt sie sich auf den freigewordenen Platz, auf dem eben meine Schwester saß.

»Vorgestern ... bei meiner ersten Fahrt ist die Maschine verreckt. Ich habe auf der kleinen Umgehungsstraße anhalten müssen und wollte nachsehen, was nicht stimmt. Ein Mann hat mit seinem Wagen angehalten und mir seine Hilfe angeboten. Ehrlich ... ich hätte es wissen müssen ...«

Ich mache eine Pause, ehe ich, ohne sie anzusehen, weiterspreche.

»Mischka ... der Zuhälter aus New York fordert seine Schuld ein und hat einen Auftragskiller geschickt. Radjk hat mich von hinten gepackt und ich habe ihn mit dem Schraubenschlüssel außer Gefecht gesetzt. Ich war total in Panik und absolut neben der Spur. Also habe ich ihn gefesselt, in den Wagen geworfen und ihn zu der kleinen Scheune in der Nähe gebracht, wo ich ihn auf einen Stuhl festgebunden habe.«

Jamie hört aufmerksam zu. Lediglich ihr angestrengtes Atmen ist zu vernehmen, während ich spreche.

»Die ganze Zeit über habe ich mir Gedanken gemacht, woher ich ihn kenne. Er war mir so vertraut und auch die Tatsache, dass er mich nicht töten wollte, sondern ebenso in der Schuld von Mischka steht. Das alles hat sich einfach verselbstständigt.«

Ich erwähne nicht, dass er mich trainieren wollte und auch nicht mein Vorhaben, Mischka zu töten.

»Wir haben uns heute getroffen ... ich wollte das so nicht, okay?«

»Du hast ihn auf offener Straße geküsst, Plo«, fährt Mary dazwischen.

Wütend springe ich auf und funkele sie dunkel an. »Ja und? Ich kenne Radjk, auch wenn ich vieles verdrängt habe. Er war einer der wenigen Menschen, die sich um mich gekümmert haben, als ich mit vierzehn Anschaffen musste. Okay? Ich habe nachgegeben ... zufrieden? Ich habe mit ihm geschlafen ... na und? Macht mich das zu einem schlechten Menschen, weil ich es genossen habe, endlich einmal ich selbst zu sein?«

Mir wird allmählich klar, was ich zwei Jahre vermisst habe. Wonach ich mich wirklich gesehnt und was dafür verantwortlich ist, dass ich mich so schlecht gefühlt habe.

»Er ist ein Auftragskiller des Russen aus New York«, geht Mary erneut dazwischen, ohne auf mich oder meine Worte einzugehen. »Angelique ist ausgeschrieben. Tod oder lebendig ist dem Russen ziemlich egal und dank diesem Wichser weiß er auch, wo sich unsere Kleine jetzt befindet.«

Hades, die bisher stumm geblieben ist, sieht sich nach Dean um.

»Du kennst die Regeln, Plo. Es obliegt Bloody Mary eine Entscheidung zur Sicherheit des Clubs zu treffen und du bist ein Teil davon.« Nickend sieht sie die Vollstreckerin an.

»Nein ... du bist ihr übergeordnet. Er wird gehen, wenn ich ihn darum bitte und er wird nichts sagen, okay? So ist er nicht«, ergreife ich für einen mir völlig Fremden Partei.

»Verlang das nicht von mir, Kleines. Er kann dir das alles nur Vorspielen, um dich in Sicherheit zu wiegen. Ich kenne Mischka, denn leider musste ich in den zwei Jahren auch einige seiner Männer töten. Wenn dieser Mann ohne dich zurückkehrt, wird er für dich sterben und ich weiß, dass er dazu nicht bereit sein wird.«

»Hades bitte ... pfeif Bloody Mary zurück. Ich verspreche dir, er wird gehen. Bitte.«

In mir zieht sich alles zusammen. Ich will nicht, dass Radjk stirbt ... auch wenn ich nicht weiß, warum allein der Gedanke mir eine solche Angst einjagt.

»Mary ... ich will, dass du ihm eine deutliche Botschaft von mir mitteilst, aber er bleibt am Leben.«

Erleichtert sacke ich in mich zusammen, während die Vollstreckerin alles andere als begeistert ist.

»Ich werde dir nicht erklären, wie bescheuert das ist, Präs.«

»Nein, wirst du nicht, aber du nimmst meinen ausdrücklichen Befehl zur Kenntnis. Keine Alleingänge, Mary. Ich warne dich.«

Zwischen dem Präs und ihr knistert es, denn Mary ist dafür bekannt, die Regeln weit zu dehnen.

»Gut, ich halte mich dran, obwohl ich weiß, dass ich es bereuen werde, auf dich gehört zu haben.«

Wütend verlässt sie das Büro, sodass ich mit Hades und Dean wieder allein bin.

»Bist du dir sicher, dass du ein paar Tage nur frische Luft schnappen willst? Mir gefällt es nicht, wenn ich weiß, dass du dort draußen allein umherziehst.«

Ich schließe für einen Moment die Augen und atme tief durch. »Bitte, Präs. Ich muss raus und all das ordnen. In den letzten Wochen ist es immer schlimmer geworden, sodass ich das Gefühl habe, nur noch an allem zu ersticken. Bitte. Ich werde auf mich achtgeben.«

»Lass es mich nicht bereuen, okay? Und melde dich, wenn du Hilfe brauchst.«

Ich nicke lediglich und stürme aus dem Büro, direkt hoch in mein Zimmer. Die Tasche ist bereits gepackt, sodass ich sie nur noch greifen muss.

Bevor ich die Stadt allerdings Richtung New York verlassen werde, möchte ich mit Radjk sprechen.

# Kapitel 17

# Radjk

Am liebsten möchte ich mir vor Dummheit in den Hintern beißen. Das mit Angelique war ein großer Fehler.

Ich bin gerade dabei, meine Tasche zu packen, als es an der Tür klopft. In der Annahme, dass es Angelique ist, reiße ich sie auf.

Aus dem Augenwinkel nehme ich den Schlag wahr und wehre ihn ab. Dank einer schnellen Seitwärtsbewegung bekomme ich die Vollstreckerin der Hades Sisters zu fassen und nehme sie in den Schwitzkasten.

»Ich habe mich schon gefragt, wann du vorbeikommst. Du bist gut, allerdings nicht gut genug.«

»Gut genug für einen Wichser wie dich.«

Die gezogene Klinge verfehlt nur knapp meinen Bauch, sodass ich Mary loslassen muss, ehe sie mich aufschlitzt.

»Was willst du hier?«

»Das weißt du ganz genau, Radjk. Du lässt ab sofort die Finger von Angelique und verpisst dich zurück nach New York. Sonst werde ich dir beim nächsten Mal beide Hände brechen, damit du nie wieder eine Waffe in die Hand nehmen kannst.«

»Wie hast du es herausgefunden?«, hake ich nach, ohne auf ihre Drohung einzugehen.

»Die Nummer auf der Kreuzung«, erwidert sie scharf.

»Du kannst dich wieder runterfahren. Ich bin nicht hier, weil ich der Kleinen ein Leid zufügen will.«

»Natürlich. Ich kenne Menschen wie dich, Killer.«

»Tust du das, ja? Ich kenne dich, Maria ... ich mache meine Hausaufgaben. In diesem Punkt werden wir uns nichts schenken. Doch ich meine es ernst. Ich bin nicht gekommen, um Angelique wehzutun.«

»Du verlässt augenblicklich diese Stadt und wirst nicht zurückkehren. Hast du mich verstanden?«

Ist nicht schwer. »Natürlich, bin gerade dabei, meine Tasche zu packen.«

Bloody Mary mustert mich eingehend und nickt. »Ich will dich hier nie wieder sehen.«

Auch das hat sie deutlich zum Ausdruck gebracht.

»Danke, ich habe deine Botschaft verstanden.«

Sie zieht sich zurück und schließt die Tür hinter sich.

Kopfschüttelnd sinke ich aufs Bett und berge das Gesicht in meinen Händen. Das wars ... die Chance, Angelique zu helfen ist dahin.

Erneut klopft es an meiner Tür, sodass ich aufspringe, die Waffe ziehe und sie aufreiße.

»Du warst deutlich ...« Ich halte sofort inne, als ich Angelique vor mir sehe.

»Was ist passiert?«. Die Waffe landet auf dem Bett, während ich Angelique zu mir ziehe und die Tür schließe.

»Die Warnung, die einer Hades Sisters ausgesprochen wird, wenn sie gegen die Regeln des Clubs verstößt. Aber darum bin ich nicht hier.«

Vorsichtig spure ich das Hämatom an ihrem Kinn entlang. Auch ihre Lippe ist aufgeplatzt.

»Es tut mir leid, das ist allein meine Schuld, Kleines. Ich hätte dich nicht mitten auf der Straße abfangen dürfen.«

»Schon gut ... es war doch nur ein Schlag. Nicht der Rede wert. Ich bin hier, weil ich mich verabschieden möchte. Hades schickt mich raus, um einen Auftrag zu übernehmen und den Kopf freizubekommen.«

Ich nicke, auch wenn ich ihr nicht so recht glauben kann. »Was ist mit uns, Angelique?«

»Nichts ist mit uns ... wir haben miteinander geschlafen und gut. Passiert eben. Was soll also sein?«

Passiert eben? Will sie mich eigentlich verarschen?

»Für mich war das heute Morgen nicht einfach nur Sex ...«

»Hör auf, okay? Lass es sein, Radjk. Es war nicht bedeutend. Ich wollte dich lediglich wissen lassen, dass ich vorerst aus dem Verkehr gezogen bin und gleich meine Reise antreten werde.«

Ich packe ihren Zopf und lege die andere Hand an ihre Kehle. »Was soll der Bullshit?«

Wütend starrt sie mich aus grünen Augen an. »Du lässt mich sofort los.« Schneidend wie ein scharfes Schwert, gehen ihr die Worte über die Lippen.

»Nein ... das kann ich nicht, Baby.« Ungestüm fordere ich ihre Lippen. Ich kann nicht anders. Das vorhin, das zwischen uns ... es hat sich etwas verändert.

Auch dass sie den Kuss erwidert, bestätigt meine Vermutung.

Augenblicklich landet ihr Rucksack auf den Boden, damit sie ihre Finger unter mein Shirt schieben kann. Voller Ungeduld spuren sie an meinen Muskeln entlang, während sie sich an meiner Unterlippe festbeißt.

»Ich will dich, Baby«, raune ich, bevor ich sie mühelos auf meine Hüfte hebe. Fest schlingen sich ihre Beine darum.

»Ich dich auch«, folgt nur kurz, nachdem ich sie an der Wand festgenagelt habe. In ihrer Nähe verliere ich meinen gesunden Menschenverstand. Oder wie erkläre ich sonst, dass ich das Top in Fetzen reiße, nur um einen ihrer sündhaften Nippel zwischen die Zähne zu nehmen. Oder meine Hand, die drängend zwischen ihre Schamlippen gleitet?

Wie, dass ich bereits süchtig nach dem heiseren Klang ihres Stöhnens bin?

Oh ja ... Angelique hat mein Weltbild zerstört, denn wider jeglicher Vernunft, bedeutet sie mir schon jetzt mehr, als sie sollte.

Mit ihr gehe ich zum Bett, um sie auf der Matratze abzulegen. In Windeseile habe ich erst Angelique und dann mich aus den Klamotten geschält.

Vor ihr bleibe ich stehen, gleite mit meinem Blick über den zierlichen Körper, der sich von der weißen Bettwäsche abhebt. Zart, sinnlich und mit dem potential, einen Mann wie mich in die Knie zu zwingen.

Langsam zwänge ich mich zwischen ihre Schenkel, ohne die Augen von ihrem schönen Gesicht zu nehmen. Ihre Lippen sind leicht geöffnet, ihr Blick lustverschleiert.

Angelique ist so wunderschön, dass es mir schier den Atem raubt. Immer wieder gleiten meine Finger über ihre helle, zarte Haut, spuren die feinen Konturen nach, die ich mit meinen Augen verschlinge.

Es ist total irre, dass mich nur ein kleiner Ausrutscher ... eine kleine Abweichung vom Protokoll in diese Lage gebracht hat. Denn, so sehr ich versuche, diesen Zustand schönzureden, desto mehr merke ich, dass es bei Gefühlen keinen An und Aus Schalter gibt.

Angelique hat mit nur einem Wimpernschlag mein gesamtes Kartenhaus zum Einsturz gebracht. Es jemals wieder zur richten, ist unmöglich.

Jeden Moment, den ich mit ihr zusammen bin, lässt den Wunsch in mir wachsen, sie zu beschützen. Vor allem vor Mischka.

So viel Leid ist vor meinen Augen geschehen, doch nur Angelique hat mir den Spiegel vorgehalten. Ich hätte mich schon viel, viel früher gegen ihn stellen müssen. Wer, wenn nicht ich, wäre dazu fortwährend in der Position gewesen. Er hat mir vertraut, mich in seiner Mitte aufgenommen.

Und für Angelique bin ich bereit, dieses Vertrauen auszunutzen. Es ist mir egal, welche Konsequenzen mein Handeln bedeutet, denn alles, was ich in diesem Moment möchte, ist sie in Sicherheit zu wissen.

Im Gegensatz zu unserer heißen Nummer in der Scheune lasse ich mir jetzt mehr Zeit. Ich genieße jeden Zentimeter, den meine Finger berühren und meine Lippen küssen.

Ohne Hast arbeite ich mich küssend an ihrem Schenkel hinauf, bis ich das goldene Dreieck erreiche und meine Zunge durch die weichen, geschwollenen Falten gleitet.

Angelique bäumt sich auf, gräbt ihre Finger fest in mein Haar. Ihr Stöhnen nimmt mir jeden Gedanken, den ich eben noch gesponnen habe. Ich verliere mich ein weiteres Mal an diese atemberaubende, junge Frau.

Zwei Finger tauchen mühelos in ihre Nässe, massieren gekonnt den Punkt, der aus dem heiseren Klang, der über ihre Lippen kommt, einen rauen Schrei werden lässt.

Doch das reicht mir nicht. Ich will in ihr sein, will spüren, wie sich ihre Innenwände um meinen Schaft zusammenziehen. Ihre Nägel sollen sich in meinen Rücken graben und die Lippen mit meinen verschmelzen.

Ohne noch länger zu warten, bin ich über ihr und tauche tief in sie ein. Meine Lippen spielen mit ihrem süßen Mund, saugen daran und beißen leicht hinein.

Angelique klammert sich an mich, schmiegt ihren Körper unentwegt an meinen und schiebt ihr Becken meinen ungeduldigen Stößen entgegen.

»Ich bin süchtig nach dir, Kleines«, raune ich ihr ins Ohr. Leicht beiße ich anschließend hinein, ehe ich leckend meinen Weg fortsetze.

Ihr Duft, ihre Antwort auf jeden Stoß und auch der Klang ihrer heiseren Stimme, katapultieren mich ins Nirwana. Ich will, dass Angelique mir gehört ... mir ganz allein. Meine Gedanken sind so primitiv und sollten mich erschrecken ... doch das tun sie nicht.

Nur ein winziges Detail bringt mich ins Wanken. Ein Gefühl tief in meiner Brust, dass mir vor Augen führen will, dass mich Angelique verlassen wird.

Ich nehme sie noch fester, vergrabe mich tief in ihrer engen Pussy. Durch meinen Körper jagt ein Feuersturm den nächsten. Er zerfetzt mich regelrecht, doch ich kann nicht aufhören, sie für mich zu beanspruchen.

Wild und ungestüm nehme ich ihr die Luft zum Atmen. Sehe zu, wie sich ihr Körper unter mir windet. Spüre, wie sich ihre Innenwände zusammenziehen, um sich auf den Höhepunkt vorzubereiten.

Wieder und wieder küsse ich ihre sündigen Lippen, während ihre Nägel tiefe Spuren auf meinem Rücken hinterlassen.

Wir sind wie ferngesteuert ... verbrennen in unserer Lust zueinander.

Ich halte den Sturm zurück, warte darauf, dass Angelique den *Point of no return* erreicht.

Fest aneinander geklammert, springen wir über die Klippe ... Süßer Lustschmerz begleitet meinen heftigen Orgasmus, wie auch der heisere Schrei, der ihre Kehle verlässt.

Was ich auch dafür tun muss ... ich will das hier immer und immer und immer wieder. Und dafür bin ich bereit, mein eigenes Leben hinten anzustellen.

Ich werde Mischka endlich die Grenzen aufzeigen ... selbst wenn es meinen Tod bedeutet.

# Kapitel 18

## Plo

Es war ein Abschied. Ein auf nimmer wiedersehen mit Radjk. Während er friedlich im Bett seines Motelzimmers schläft, habe ich mich auf meine Harley geschwungen und bereits die ersten Meilen Richtung New York geschruppt.

Die letzten Monate, Wochen und Tage, seitdem ich die Stadt verlassen habe, ist mir immer wieder durch den Kopf gegangen, was ich eigentlich will ... wer ich überhaupt bin. Denn ohne Zweifel, mit dem Wissen um Mischka, habe ich nie wirklich ein neues Leben begonnen. Auf den ersten Blick schien es so auszusehen, als ich Hades meine Hand gereicht habe ... aber so war es nie.

So richtig bewusst ist es mir erst durch Radjk geworden. Das zwischen uns ist ... anders. Irgendwie.

Ich weiß nicht genau, was das ist, aber ich kann spüren, dass sich vieles dadurch verändert hat.

Insbesondere der Wunsch, das Kapitel mit Mischka für immer zu schließen. Ich möchte nicht mehr morgens mit dem Gedanken aufwachen, dass er mich heute erwischt. Es muss ein Ende finden und es ist nur geltendes Recht, wenn ich mich endlich für seine Gastfreundschaft bedanke und für all das, was er mir in der Zeit genommen hat.

Allein für Radjk. Ich weiß, dass er mit seinem Kommen nie beabsichtigt hat, mich wirklich zu töten. Ich glaube ihm, dass er ebenfalls keine Wahl hatte ... doch ich werde ihn auch nicht länger mit hineinziehen.

Auch meine Schwestern habe ich über meine wahren Intentionen in Unklarem gelassen. Ich muss mich endlich allein beweisen und ihnen zeigen, dass ich das kann ... Dass ich eine echte Hades Sister bin, damit sie stolz auf mich sind.

Bis nach New York sind es knapp drei Tage, eine Zeit, die mir jetzt bereits unendlich vorkommt. Seitdem Hades mich von der Straße geholt hat, war ich keine einzige Sekunde mehr vollkommen allein.

Ein wenig fühle ich mich meines Kokons beraubt. Einer trügerischen Sicherheit, die mir meine Schwestern vermittelt haben. Natürlich stehen wir füreinander ein und ich bin mir sicher, dass sie mich jederzeit begleitet hätten ... aber ich wollte es nicht.

Das hier ist meine Chance, mein Kampf ... Meine einzige Möglichkeit ein Kapitel in meinem Leben zu schließen.

Was ist, wenn es mir misslingt? Ist der Tod ein angemessener Preis für den Versuch? Ich denke schon.

Was, wenn es mir gelingt? Bin ich danach wirklich von meinen Ketten gelöst?

Ich verdränge jeden Gedanken daran und konzentriere mich einzig auf die Straße, die vor mir liegt.

Natürlich funktioniert die Idee, für einen gewissen Zeitraum meine Gedanken abzuschalten, nicht. Ruin hatte so recht. Sobald eine Bikerin auf der Maschine sitzt und nichts als die endlose Weite vor sich hat, kommt der große Spiegel ...

Hier draußen, noch dazu allein, zwingt er dich, sich mit den Problemen auseinanderzusetzen.

Doch wider Erwarten sind es nicht die Hades Sisters oder Mischka ... es ist Radjk, an den ich unentwegt denken muss.

Das mit ihm war nicht geplant und wie meine Schwestern das sehen, hat Mary deutlich zum Ausdruck gebracht. Ich kann immer noch nicht glauben, dass sie mich wirklich geschlagen hat.

Allerdings auch nicht, welches Risiko ich bei Hades eingehen musste. Ob mich meine Schwestern durchschaut haben? Nicht nur was Radjk angeht, sondern auch meinen plötzlichen Wunsch, für ein paar Tage mein Zuhause zu verlassen?

Das glaube ich zwar nicht, doch wirklich sicher sein kann ich nicht.

Hoffentlich kapiert Radjk schnell, sobald er aufwacht, dass er Houston verlassen muss. Meine Schwestern werden mit Sicherheit schon ein Auge auf ihn geworfen haben, trotz der eindeutigen Ansage seitens Hades.

Ich will mir nicht vorstellen, dass Mary sich Radjk vornimmt. Allein die Bilder in meinem Kopf sorgen dafür, dass mir die Tränen in die Augen steigen.

*Damn.* Kann mir nicht genau das egal sein? Nein, denn auch die Frage habe ich mir mehr als einmal gestellt und eine deutliche Antwort drauf erhalten.

Der russische Auftragskiller bedeutet mir etwas, selbst wenn ich meine Gefühle nicht benennen kann, spüre ich bereits, wie sehr ich mich zu ihm hingezogen fühle.

Hätte ich doch niemals mit ihm geschlafen. Allein seine dominante Art, mich zu beanspruchen, ist mir gefährlich unter die Haut gegangen. Insbesondere die Spur, die Sicherheit und Geborgenheit vermittelt hat.

Er ist ein gefährlicher Cocktail aus Schwarz und Weiß ... Eine Schlange mit der Fähigkeit, sowohl Gift als auch Serum zu injizieren. Ich will so viel mehr ... und ... ich wollte ihn nicht verlassen. In seinen Armen zu liegen, hat mir so viel gegeben, wie schon lange nichts mehr.

Bei ihm habe ich gespürt, wie Angelique um die Ecke gesehen hat. Sie war da, knapp über der Oberfläche. Selbst wenn ich sie nicht festhalten konnte ... das Mädchen in mir ist am Leben und offenbar braucht sie Radjk dafür.

*Damn.* Ein Fremder ist fähig, wozu ich selbst nicht in der Lage bin.

An einer Tankstelle, mitten in der Pampa mache ich kurz Rast. Es ist bereits weit nach zwei Uhr morgens, als ich mit dem Kaffee an der Harley lehne und über das Gelände blicke.

Alles erinnert an die goldenen Zeiten, wie bei der Route 66. Ich bin die berühmte Strecke bisher nicht gefahren, doch ich kenne viele meiner Schwestern, die sie bereits genossen haben. Es soll ein unglaubliches Vergnügen sein und für eine Bikerin unerlässlich, diese Straße einmal zu fahren.

Vielleicht bleibt es ein Traum, denn ich habe keine Ahnung, was mich in meiner alten Heimat erwartet. Wie hoch stehen meine Chancen, dass ich Mischka wirklich eiskalt erwische? Er ist kein gewöhnlicher

Krimineller, sondern ein Unterweltboss der Extraklasse. Seine Erfahrungen reichen weit über meine Möglichkeiten hinaus. Was kann ich schon? Wer bin ich?

Ja, ich trage die Kutte, die mich zu einer Hades Sister macht ... doch das sagt nichts über die Frau, die ich bin und die ich so verzweifelt versuche, wiederzufinden.

Ein Wagen fährt auf den Platz und hält direkt an einer der Zapfsäulen. Drei Männer steigen aus und sehen sich um, bevor einer davon in Seelenruhe tankt und die anderen beiden im Laden verschwinden.

Obwohl das Bild vor mir friedlich ist, entgeht mir die Waffe, die ich nur kurz zu Gesicht bekomme, nicht. Auch nicht der darauffolgende Schuss, der eindeutig aus dem Geschäft kommt.

Mein Herz macht einen Satz und schlägt vor Aufregung doppelt so schnell.

Der Fremde mir gegenüber sieht mich ruhig an, bis er grinst. Er scheint die Ruhe in Person zu sein, denn meine Anwesenheit verunsichert ihn kein Stück.

Was würden meine Schwestern tun? Ich bin mir sicher, dass Mary und Kitty längst nach ihrer Waffe gegriffen hätten. Doch ich? Ich stehe hier, während das Adrenalin in meinem Blut dafür sorgt, dass ich nahezu regungslos verharre.

*Du bist keine Hades Sister,* verhöhnt mich die Stimme in meinem Kopf. *Du bist schwach und aus diesem Grund wirst du versagen ... so wie immer.*

Ich schließe meine Augen, atme tief durch ... *Not My Problem. Sure?*

Aus dem Laden dringen wütende Rufe, sodass ich meinen Fokus auf das kleine Fenster lege und sehen kann, wie der Verkäufer mit einer Waffe bedroht wird. Offenbar sind die Kerle auf die Tageseinnahmen aus.

*Die Sisters stehen nicht nur für Gewalt und Blut ...* Nein, jede von uns würde eine schwache Person vor Unrecht verteidigen, oder?

Mit zitternden Fingern stelle ich den Kaffeebecher auf der Harley ab und gehe ruhig auf den Mann zu, der am Wagen wartet.

Lächelnd signalisiere ich ihm, dass ich dringend Feuer für meine Zigarette brauche. Ehrlich, ich habe nur wenige Male eine Fluppe geraucht ... und auch nur ich schaffe es, mir eine Schachtel, ohne Feuerzeug zu kaufen.

»Sehr sexy. Ich finde hübsche Frauen auf Motorrädern sehr anziehend, Baby.«

Kaum, dass ich ihn erreicht habe, nimmt er das Feuerzeug aus der Hose und hält mir die gelborangene Flamme entgegen.

Clevere Idee Plo. Hier zu rauchen gleicht einem Selbstmord.

»Wie heißt du, Honey?« Langsam umrundet er mich, streift kurz meine schwarzen Haare, die ich zu einem Zopf zusammengebunden habe.

*Tja und jetzt, Plo? Du bist keine Kitty und noch weniger eine Mary. Was machst du jetzt?*

Langsam aber sicher geht mir die Stimme in meinem Kopf dezent auf die Nerven.

»Meine Schwestern nennen mich Plo«, antworte ich ruhig und beobachte aus dem Augenwinkel weiterhin, wie die Männer im Laden darauf warten, dass ihre Tasche mit den Tageseinnahmen gefüllt wird.

»Hades Sisters ... Holy. Jetzt gründen schon Weiber einen Club.«

Seine Reaktion ist nicht neu. Das kenne ich bereits von den Black Skull. Viele von den Jungs haben sich bis heute nicht daran gewöhnt, dass wir Frauen ihnen in Nichts nachstehen.

*Die anderen Schwestern vielleicht, doch du bist eine Vollversagerin. Na los, trau dich. Schlag zu ... hindere sie daran, den armen alten Mann zu bestehlen.*

Drei Männer gegen eine Plo, die nur ein paar Trockenübungen im Schießen hatte. Wahnsinns Idee, Angelique.

Die Kippe landet auf den Boden zu meinen Boots, ohne dass ich nur einmal daran gezogen habe. Die Augen des Fremden folgen ihr, sodass ich ungehindert meine Glock ziehen kann.

»Ich glaube, es ist an der Zeit, dass ihr verschwindet. Ohne die Einnahmen versteht sich.«

Mit welcher Reaktion habe ich gerechnet? Damit, dass er sich ängstlich ergibt? Wohl kaum. Allerdings auch nicht damit, dass er die Waffe zückt und mich ebenfalls ins Visier nimmt.

»Daraus wird nichts, Baby.«

Aus dem Augenwinkel bekomme ich die anderen beiden Kerle mit. Das wars ... Ich bin geliefert.

Eine Mary hätte nicht gezögert ... eine Kitty ebenso wenig und eine Hades, hätte alles in Brand gesteckt.

Kurz: Eine Sister.

## Kapitel 19

# Radjk

Wütend bin ich in den Camaro gestiegen und sofort Angelique gefolgt, nachdem ich ihr Verschwinden bemerkt habe.

Dieses Weib denkt auch, die Menschen in ihrer Umgebung sind bescheuert. Ich wusste es. Ich habe es gespürt. Sie ist gekommen, weil sie sich von mir verabschieden wollte. Einzig mit dem Ziel, allein auf die Jagd nach Mischka zu gehen.

Ihre Entscheidung nötigt mir Respekt ab ... doch der Teil, der Angelique als ganz gewöhnliche Frau sieht, möchte ihr den Hals umdrehen.

Sie ist überhaupt nicht in der Lage dazu, allein dem mächtigen Russen gegenüberzutreten. Er wird sie auslachen und sie im Anschluss entweder töten oder sie dazu zwingen, wieder für sich anzuschaffen. Und genau das lasse ich nicht zu.

Mit Höchstgeschwindigkeit jage ich durch die Nacht. Weit kann sie noch nicht gekommen sein und selbst wenn, bringt der Camaro mehr PS auf die Spitze.

Ich sollte ihr den Hintern versohlen, sobald ich sie erreicht habe. Was sie hier macht, ist absoluter Selbstmord. Ich bin mir sicher, dass Plo das auch genau weiß und nur ihr Starrsinn sie dazu treibt.

Sie will unbedingt so sein, wie die anderen Schwestern im MC. Absoluter Bullshit.

Plo hat das nicht nötig und ich bezweifle, dass die Sisters das anders sehen. Scheiß auf die Schusswaffe oder das Messer ... Dann ist sie eben in anderen Belangen ein gutes Mitglied. Warum will sie das nur nicht verstehen? Was treibt diese Frau so sehr an, dass sie bereit dafür ist, blindlings in den Tod zu gehen?

Auch nach zwei Stunden habe ich Angelique nicht eingeholt, sodass ich leicht verzweifelt auf die Tankstelle vor mir blicke. Ich muss unbedingt tanken, wenn ich das Tempo weiterhin halten will.

Schon von weitem fällt mir beim zweiten Blick die Harley auf und die Frau mit den langen schwarzen

Haaren. Leider auch die drei Waffen, die auf sie gerichtet sind.

Ich drossele die Geschwindigkeit, schalte das Licht aus und parke den Wagen am Seitenstreifen.

Ohne groß darüber nachzudenken, stürme ich mit gezogener Knarre auf die Straße und renne drauf los.

Kurz vor der Abbiegung zur Tankstelle, verschmelze ich mit dem hohen Gras, um unbemerkt weiter zum Geschehen durchzudringen.

»Eine Kutte, eine Waffe und eine Harley machen dich nicht zu einer Bikerprinzessin, Bitch«, kann ich deutlich die Stimme einer der Männer vernehmen.

Ich warte Angeliques Antwort nicht ab und bringe mich im dichten, hohen Gras in Position.

Drei Mal betätige ich den Abzug. Drei Mal hallen die Schüsse durch die Stille der Pampa. Drei gezielte Kopfschüsse später, dringe ich aus meinem Versteck auf sie zu.

Ich achte nicht auf ihre Zähne, die sich fest in die Unterlippe graben. Auch nicht auf die weit aufgerissenen Augen oder das Zittern, das ihren Körper regelrecht flutet.

Grob packe ich ihren Nacken, zwinge sie in eine unangenehme Position, sodass sie meinem wütenden Blick nicht ausweichen kann.

»Am liebsten würde ich dir dermaßen den Hintern versohlen. Nicht nur, dass du die irrwitzige Idee verfolgst, Mischka allein gegenüberzutreten, nein ... du bringst dich auch in unmittelbare Gefahr, Kleines.«

Ich habe Reue, Angst ... vielleicht auch ein kleines bockiges Kind erwartet, doch Angelique funkelt mich tatsächlich wütend an. Ist das zu fassen?

»Das ist meine Sache«, erwidert sie und versucht sich, aus meinem Griff zu befreien.

»Falsch, denn ab sofort bist du mein Problem, Mädchen. Wie war das noch? Biker *Finden, Beanspruchen, Behalten?* Genau das habe ich, Angel. Ich habe dich gefunden, obwohl du für jeden unsichtbar warst. Ich habe dich beansprucht und das mehr als einmal. Und jetzt, Angel ... werde ich dich behalten.«

Ihr weicht sämtliche Farbe aus dem Gesicht und sie wagt es kaum, ein Wort über die Lippen zu pressen.

»Noch Fragen?«

So grob an die Sache zu gehen, lag nicht in meiner Intention ... aber fuck! Ich drehe durch, wenn ich die Kleine nicht ständig im Blick habe. Ja, verdammte Scheiße ... wir haben nur miteinander gefickt und dennoch habe ich den Drang, sie für mich allein zu beanspruchen.

»Das wird niemals passieren, Radjk und jetzt lass mich los. Mischka ist mein Problem und dem werde ich mich jetzt annehmen. In meinem ganzen Leben bin ich nur davon gelaufen ... jetzt nicht mehr. Ganz gleich, wie der Bullshit endet, aber ich will mir nicht vorwerfen, es nicht getan zu haben.«

Man(n) hüte sich vor Frauen ... und noch mehr vor einer Hades Sister.

Grob zerre ich sie hinter mir her, bis wir ihre Harley erreichen. »Du steigst auf deine verfickte Maschine und fährst sofort zurück nach Houston, verstanden?«

Unser *Deathmatch* beginnt. Plo denkt keineswegs daran, wieder nach Hause zu fahren. Ihr Knie verfehlt nur ganz knapp meine Weichteile. Dafür trifft ihre Faust ins Schwarze. Ich habe bisher noch nie eine Frau geschlagen ... werde ich auch nicht, doch glücklich wird Angelique meine Reaktion ebenfalls nicht machen.

Ich nutze ihre Trägheit, gebe ihr einen kräftigen Schups, sodass sie an meiner Brust ruht und mein Arm um ihren Hals liegt.

»Du fährst nach Hause oder ich bringe dich persönlich zurück zu deinen Schwestern. Hast du mich verstanden?«

Natürlich nicht, denn sie versucht weiterhin, zu entkommen. Wild strampelt sie und tritt heftig zu.

Ein weiteres Mal wirbele ich sie umher, packe ihren Nacken und lege den anderen Arm fest um ihre Hüfte. Grob zwinge ich Angelique meinen Kuss auf.

Es ist mir gleich, dass sie mir die Lippe blutig beißt oder sich mit aller Macht gegen mich wehrt. Diesen Kampf will ich für mich gewinnen. Und das tue ich.

Aus dem störrischen Frauenzimmer wird binnen kurzer Zeit ein anschmiegsames Kätzchen, welches die Arme um meinen Hals schlingt und alles dafür unternimmt, damit sie auf meiner Hüfte landet.

*Fuck hell ... fuck everything* ... Angelique gehört mir.

Ungeachtet der Umgebung oder der drei Leichen hinter uns, trage ich sie ins hohe Gras. Mein Adrenalin mischt sich mit Lust, die von ihren Fingern unter meinem Shirt ausgelöst wird.

Eilig streife ich die Kutte nach hinten, verbeiße mich in dem weißen Top und zerre es nach unten, bis ihre Brust frei liegt. Gierig lecke ich über die aufgerichtete Knospe, beiße hinein und sauge daran. Mein Schwanz ist bereits so hart, dass er droht aus der Jeans zu springen. *So war das nicht geplant.* Ich sollte ihr wirklich den Hintern versohlen, anstatt sie im Gras abzulegen und diese verfickte enge Lederhose von ihrer Hüfte zu zwängen. Und noch weniger ihren Slip zerfetzen, meine Hose öffnen und wie ferngesteuert in ihre Pussy rammen.

Dennoch mache ich es ... ich werfe all meine jahrelange Ausbildung über Board, nur um den kleinen Engel durchzuvögeln, damit sie beim Ritt zurück nach Houston deutlich spüren kann, dass sie mir gehört.

*Holy.* Meine Eier ziehen sich rhythmisch zusammen, im gleichen Abstand, wie sich ihre Innenwände um meinen Schaft klammern.

»Du gehörst mir, Angel. Mir allein. Hast du das verstanden«, knurre ich regelrecht. Ich will es hören ... ich muss es hören. Ansonsten ... drehe ich durch. Noch nie ... NIE hat eine Frau das mit mir angestellt. Ich komme mir vor wie ein Höhlenmensch, der mit der Keule bewaffnet vor einer Partnerin steht. Absolut primitiv ... aber genau das ist es, was sie in mir auslöst. Mein gesunder Menschenverstand verabschiedet sich.

»Ja ... ja verdammt ... Ich will dir gehören ...« Es gleich einem Sechser im Lotto ihre gekeuchten Worte zu hören.

Immer fester nehme ich Angelique für mich ein. Küsse sie, beiße mich an ihr fest ... Ich spüre ihre Krallen, die erneut blutige Spuren auf meinem Körper zeichnen.

Stück für Stück schiebe ich sie in den Abgrund ... in die Tiefen unserer Lust ...

Laut schreiend kommt Angelique unter mir. Der Druck auf meinem Schwanz ist so gigantisch, dass ich mich nicht mehr zurückhalte und ihr folge. Zitternd markiere ich die Frau unter mir, die trotz ihres Höhepunktes ihr Becken nach oben drängt.

»Holy ...«, keuche ich und lege meine Stirn gegen ihre. »Du bist mein sicherer Tod, Baby.«

Ich würde den postkoitalen Zustand gern länger halten, doch wir müssen hier weg. Die drei Leichen werden nicht lang unentdeckt bleiben. Allein mit ihr zu schlafen, war ein immenses Risiko.

»Zieh dich an und schwing dich auf die Harley. Wir müssen hier weg. Ich habe eben drei Männer erschossen.«

Durch die Kleine geht ein Ruck, der auch mich auf die Beine zwingt.

»Es ändert sich nichts, Radjk. Ich werde nach New York fahren und Mischka ...«

»Einen Scheiß wirst du, Plo.« Bevor ich reagieren kann, ist Mary aus dem hohen Gras gestürmt und verpasst ihrer Schwester einen ordentlichen Schlag in den Nacken, der sie ins Traumland schickt.

Die zwei auf mich gerichteten Waffen des Vollstreckers und des Sergeant at Arms der Black Skull ... stehe ich machtlos gegenüber.

Mir bleibt nichts weiter übrig, als die Hände nach oben zu nehmen und ruhig ihren Anweisungen zu folgen. Wenigstens muss ich mir jetzt keine Sorgen mehr darum machen, dass Angelique nach New York abhaut.

# Kapitel 20

## Plo

»Du hast mein Vertrauen missbraucht, Angelique«, höre ich Hades sagen, doch ihre Worte dringen nur wie im Nebel zu mir durch.

Ich erinnere mich nicht mehr, was nach dem Sex geschehen ist. Heute Morgen bin ich in meinem Zimmer aufgewacht, als hätte ich alles nur geträumt.

Doch der Mann, der gefesselt auf dem Boden liegt und von unzähligen Black Skull umzingelt wird, belehrt mich eines Besseren. Immer wieder muss er einen Tritt oder Schlag einstecken ... und das alles ist ganz allein meine Schuld.

»Ich wollte eine Hades Sister sein«, sage ich, während bereits die ersten Tränen über meine Wange laufen. Jede Faser in mir will ihm helfen. Immerzu drängt sich die Stimme in meinem Kopf in den

Vordergrund, die mich dazu auffordert, für Radjk Partei zu ergreifen.

»Verdammt Plo ... du bist eine Hades Sister. Denkst du, wir zeichnen uns nur dadurch aus, wie brutal und blutig wir sind? Nein! Wir sind eine Gemeinschaft, die aus vielen verschiedenen Frauen besteht, die mit ihrer Fähigkeit den Club bereichern.«

Ich schließe meine Augen, als Radjk den nächsten brutalen Tritt einstecken muss.

Es liegt an mir, diesen Spuk zu beenden ... Es liegt an Angelique, ihre Stimme zu erheben und dem Mann auf dem Boden meine Hand zu reichen.

»Was weißt du schon darüber?«, antworte ich vorsichtig.

»Nichts und weißt du warum? Weil du nicht mit mir sprichst. Wann wolltest du mir sagen, dass Mischka ihn auf dich angesetzt hat? Wann, dass du lieber alles mit dir ausmachst, anstatt uns um Hilfe zu bitten? Wann, dass du mit einem Auftragskiller ins Bett gestiegen bist, der nichts anderes im Sinn hatte, als dich nach New York zu locken.«

Durch meinen Körper geht ein gewaltiger Ruck, der mich fast von den Füßen holt. »Das stimmt nicht«, sage ich mit fester Stimme und bin selbst erschrocken darüber, wie klar sie klingt. »Radjk wollte, dass ich nach Hause fahre. Darum ist er mir hinterhergekommen. Er wusste, dass die kurze Zeit nicht ausgereicht hat, um mich zu trainieren.«

Hades zieht scharf die Luft ein. Ihr Blick ruht auf mir. Wie auch der von Ruin, Mary und Kitty. Nur Ruin lächelt ... Kitty zeigt eher Mitleid mir gegenüber und Mary ist so stocksauer wie Hades selbst.

»Wie bitte? Du vertraust einem Fremden mehr als deinen Schwestern?« Die Traurigkeit in ihrem Blick frist sich wie Säure durch meinen Körper. Ich will sagen, dass es mir unendlich leidtut ... aber so ganz stimmt das nicht.

»Ihr habt nie zugehört. Nie. Ich habe gelitten und nie den Weg zu mir gefunden. Weißt du, wie beschissen das ist, nicht zu wissen, wer man im Grunde noch ist?«

Sie baut sich vor mir auf und atmet ein Mal tief durch. »Du kennst die Antwort, Plo. Ich selbst bin jahrelang durch mein Leben spaziert und dachte, ich hätte mich verloren, weil ich etwas so sehr wollte ...« Sie wirft einen Blick zu Dean, der inmitten all der Black Skull steht, die auf Radjk einprügeln. »Und ich will es noch heute. Jeden verfickten Tag will ich den Thron meines Vaters ... mehr, als alles andere auf der Welt. Aber darum geht es nicht immer. Manche Wege bleiben uns ewig verschlossen ... doch es ist niemals ein Grund aufzugeben. Die Hades Sisters machen mich glücklich und füllen die Leere, die ich mein ganzes Leben lang empfunden habe. Das Problem ist ganz klar, Plo. Du warst nicht bereit, dafür zu kämpfen. Du hast gedacht, alles würde sich von allein Regeln ... doch das wird nie passieren.«

Jedes Wort ist schlimmer als ein Messerstich, denn es ist nicht wahr. Es stimmt einfach nicht. Ich habe nie aufgegeben und darauf gewartet, dass das Leben selbst eine Entscheidung für mich trifft.

Erneut stöhnt Radjk ... Vorsichtig, aber mit Wehmut in meinem Blick, sehe ich ihn an. Sein rechtes Auge ist leicht geschwollen und ein deutliches Hämatom zeichnet sich auf seiner Wange ab. Blut klebt an seiner Unterlippe, wie auch an einem Nasenflügel.

»Schluss damit«, höre ich mich aus weiter Ferne sagen. Jede Faser meines Körpers hat sich aus Angst zurückgezogen ...

Natürlich reagiert keiner der Biker ... sie schlagen und treten weiter auf Radjk ein, der gefesselt vor ihnen liegt und keine Chance hat.

»Ich habe gesagt: Schluss damit«, brülle ich und ziehe die Glock aus dem Holster.

Kurz werfe ich einen Blick über meine Schulter zu Hades, deren Ausdruck vollkommen emotionslos bleibt.

»Wie war das?« Ausgerechnet Dean tritt aus der Mitte seiner Brüder und kommt geradewegs auf mich zu.

»Ich habe gesagt, ihr sollt damit aufhören.« Die Waffe in meiner Hand wirkt lediglich wie ein Spielzeug, da ich das Zittern einfach nicht unter Kontrolle bekomme.

Deans Faust trifft meine Schulter, sodass ich mehrere Schritte zurückweiche.

»Ich habe gesagt, ihr sollt mit dem Mist aufhören«, brülle ich.

Dean kesselt mich ein. Rückt immer näher auf. Ihn stört nicht einmal meine Waffe.

»Und das sagst du uns?«, verhöhnen mich seine Worte.

»Ja ... Das sage ich dir. Mir ist es gleich, wer du bist ... Ihr werdet aufhören, ihm wehzutun. Der Partner eines Bikers steht unter dem Schutz des Clubs.«

»Welcher Partner?«, stichelt er weiter. Immer wieder stößt er leicht gegen meine Schulter, drängt mich vom Geschehen weg.

Ich muss mich entscheiden. Mich gegen meine Urängste stellen.

Mit der Waffe hole ich aus und treffe ihn direkt an der Stirn. Ohne auf die blutende kleine Wunde zu achten, stürme ich zu Radjk, werde jedoch von Valeric und Helldrok abgefangen.

Wütend trete ich aus, wehre mich aus Leibeskräften gegen die zwei Black Skull.

»Hört auf damit.« Mein Schrei erstickt beinahe unter den Tränen, die ganz von allein wieder ihren Weg gefunden haben.

»Warum sollten wir?« Ausgerechnet Valeric wagt es sich, die Frage an mich zu richten.

»Weil Radjk zu mir gehört. Darum«, zische ich wütend.

»Ich denke, du bist keine richtige Sister ... Warum sollten wir uns dann an die Regeln halten.«

Es reicht ... ich explodiere. Schluss damit. Radjk wurde bereits meinetwegen genug bestraft.

Ich bündele all die Wut in mir, um mit voller Wucht in Valerics Kniekehle zu kicken, ehe ich auch Helldrok mit einem kräftigen Schlag bedenke. Es ist nicht meine Kraft, sondern die Überraschung, die sie zurückweichen lässt.

Ohne zu zögern, stürme ich auf den Mann zu, der am Boden liegt. Mit meinem Körper schirme ich ihn ab.

»Schluss jetzt«, donnert Hades und beendet den Spuk.

»Es tut mir so leid«, flüstere ich, während meine Stirn fest gegen Radjk gepresst ist.

»Dafür gibt es keinen Grund, Angel. Für dich würde ich jeden Schmerz auf mich nehmen.«

Vorsichtig richte ich mich auf, greife nach meinem Messer und durchtrenne die Fesseln. Sofort legt Radjk seine Hand auf meinem Gesicht ab und sieht mich an, als könnte er bis in die Tiefen meiner Seele sehen.

»Ich bin stolz auf dich, Angel. Es gehört viel dazu, selbst vor der Familie für sich einzustehen.«

Kopfschüttelnd wende ich den Blick ab.

»Auch wenn er ein Fremder ist, Kleines ... aber er hat recht. Es gehört viel dazu, sich gegen uns zu stellen, um jemanden zu schützen, der einem etwas bedeutet.«

Langsam schlingen sich Hades Arme um meinen Oberkörper. Weinend lasse ich zu, dass sie mir jetzt den Halt gibt, den ich verloren habe.

»Du bist eine Hades Sister ... eine von uns, die einen festen Platz in unseren Reihen hat, Kleines. Vergiss das niemals. Okay?«

Ich nicke und Jamie gibt mich frei. »So und jetzt werden wir das Problem angehen. Ich bin nämlich nicht bereit *The Plo* herzugeben, nur weil ein perverses Arschloch der Meinung ist, noch eine Rechnung mit ihr offen zu haben.«

Grinsend erhebt sie sich und zieht mich ebenfalls nach oben.

»Und du mein Lieber ... ich kann nur hoffen, dass du es ernst mit Angelique meinst. Wenn du glaubst, dass die Black Skull schlimm sind, dann willst du die Hades Sisters nicht kennenlernen.«

Er lächelt und nickt, bevor er mich in seine Arme zieht. Ich genieße den zarten Kuss, den er auf meine Stirn haucht und das Gefühl seiner Arme, die mich gefangen halten.

»Wir treffen uns gleich in meinem Büro. Mary, Kitty, Devon, Helldrok ...« Sie stoppt kurz und sieht ihren Old Man herausfordernd an. »Kommst du auch mit?«

»Wo auch immer die Reise mit dir hingehen mag, Biker Queen.«

Radjk lächelt mich an, bis wir schließlich den anderen in den Club folgen.

# Kapitel 21

# Radjk

Mein Handy geht pausenlos, seitdem wir aus dem Büro der Präsidentin gekommen sind. Hades hat einen Plan ... einen gefährlichen Plan, der mich noch nicht vollends überzeugt.

Plo steht mir gegenüber, doch auch sie sieht so aus, als wäre sie nicht davon überzeugt.

»Ja?«, flüstere ich, als ich mich endlich dazu durchringe, das Gespräch anzunehmen.

»Verdammt ... was soll das?«, brüllt mir Mischkas Stimme durch den Hörer entgegen.

Mein Augenmerk bleibt auf Plo gerichtet, die ein bisschen in sich zusammensackt. Ich kann verstehen, dass sie Angst hat.

»Ich habe sie gefunden, Boss«, sage ich ruhig, wie er es von mir gewohnt ist.

»Wo ist sie? Warum bringst du sie nicht zu mir?«

»Sie ist in einem MC in Houston«, erwidere ich ruhig.

»*Pisda.*«

»Ich habe die Kleine seit Tagen beobachtet, sie verlässt das Gelände nicht und wird von den Hades Sisters bewacht. Auch der Umstand mit dem zweiten MC, den Black Skull bereitet mir Sorgen. Was ich auch versucht habe, es gibt kein rankommen an das Mädchen, Boss.«

Er flucht noch weiter und schreit regelrecht in den Hörer.

»Ich komme selbst. Angelique gehört mir ...«

Ohne abzuwarten, hat er das Telefonat beendet.

»Hat er es geschluckt?«, will Plo wissen.

»Er hat es. Er wird selbst kommen, um dich zu holen. Ich hoffe, Hades weiß, dass es kein Spaziergang wird. Seine Männer sind gut ausgebildet.«

»Wir noch besser, denn wir haben einen Grund für jeden unserer Brüder oder unserer Schwestern den Kampf aufzunehmen. Können wir beide uns unterhalten?«

»Ich bin gleich wieder da, okay?« Angelique sieht nicht so aus, als würde sie mich gern allein mit Dean gehen lassen.

Der Präsident der Black Skull führt mich abseits des Hofes, bis wir am hinteren Teil des Zaunes ankommen und einen Blick auf das Gelände der Männer werfen können.

»Was wirst du machen, jetzt, da du deinen Boss verraten hast?« Das muss ich Dean lassen, er redet nicht lang um den heißen Brei.

Ich wende meinen Blick ab und sehe zu Plo, die neben einer anderen Hades Sister steht.

»Ich habe meinen Boss nicht verraten, sondern eine Entscheidung getroffen, die längst hätte gefällt werden müssen. In den letzten Jahren habe ich so viel Bullshit gesehen, dass es für hundert Leben reicht. Alles, was ich im Augenblick will, ist mit ihr zusammenzusein und das Kapitel für Angelique schließen.«

Seiner intensiven Musterung weiche ich nicht aus, denn ich weiß, was der Präsident der Black Skull von mir möchte.

»Auch ich schütze die Mädchen hier und es gefällt mir überhaupt nicht, sie mit einem Auftragskiller nachts allein zu wissen.«

Ich bezweifele zwar, dass er seine Lady überhaupt je allein lässt, doch ich verstehe, was er mir damit sagen will.

»Du möchtest also, dass ich meinen Camaro gegen ein Bike eintausche?«

Dean lacht und wippt leicht mit dem Kopf hin und her. »Vielleicht. Gute Männer sind schwer zu finden, Bro. Aber im Ernst ... denk darüber nach, ich könnte einen Mann wie dich in unseren Reihen gebrauchen.«

Das ehrt mich sehr, auch wenn ich bereits ahne, dass mich Dean durch die Hölle schicken wird, sollte ich sein Angebot annehmen.

»Du vertraust einem Killer, der gerade seinen Boss verraten hat«, scherze ich und bin gespannt auf seine Reaktion.

»Nein ... Ich vertraue der Hades Sister, die bereit dafür war, sich gegen die Familie zu stellen, um zu dem Mann zu stehen, der ihr etwas bedeutet.«

Eins zu null für ihn!

»Hau schon ab. Ich kann dir ansehen, dass du etwas ganz anderes im Sinn hast.«

Grinsend lege ich ihm die Hand auf die Schulter. »Ich denke darüber nach, okay?«

Mehr kann ich ihm in diesem Moment nicht geben. Und das ist vermutlich mehr, als er von mir erwartet.

Ich gehe zu Plo zurück, die noch immer von der anderen Bikerin eingenommen wird.

»Camaro oder Bike?«, will ich von ihr wissen, ohne auf die andere Person einzugehen.

»Würdest du freiwillig auf meine Harley steigen, wenn ich fahre?«

»Natürlich, Angel. Wie könnte ich einer Bikerin nicht vertrauen?«

Ein süßes Lächeln umspielt ihre Lippen, ehe sie nach meiner Hand greift und mich zu ihrer Maschine zieht.

»Aber es wird nicht gefummelt«, meint sie ernst und droht sogar mit erhobenem Zeigefinger.

»Ich gebe mir sehr viele Mühe, Baby.« Obwohl sie sich auf ihre Maschine schwingen will, halte ich Angelique zurück. Es fühlt sich berauschend an, sie an meinen Körper zu pressen, während sie mich aus ihren grünen Augen ansieht.

»Wenn du mich so ansiehst, weiß ich ehrlich nicht, ob mein Zimmer nicht doch die bessere Entscheidung ist.«

Im Augenblick kann ich ihr da kaum widersprechen. Ihre süßen Lippen haben mich einfach in ihren Bann gezogen.

An meinem Shirt gepackt, ohne den Kuss zu unterbrechen, führt sie mich in den Club. Keine Ahnung, wie wir es die Stufen nach oben schaffen, doch mit viel Glück erreichen wir die Wohnung, die in der ersten Etage liegt.

Vorsichtig streife ich die Kutte über ihre Schultern, bis sie auf dem Boden landet.

»Was ist das zwischen uns?«, will sie von mir wissen, während sie mir das Shirt über den Kopf zieht.

»Hätte ich das vor vier Jahren gewusst, Angel, dann hätte ich dich geschnappt und dich irgendwo in Alaska versteckt. Aber was auch immer das zwischen uns ist ... ich möchte nicht, dass es endet.«

Ich verliere nicht aus dem Blick, dass sie gerade einmal achtzehn ist und ich doppelt so alt. Auch nicht, dass Angelique kein gewöhnliches Mädchen ist.

»Gut ... ich möchte das auch nicht. Dennoch wüsste ich gern, warum es in deiner Nähe plötzlich so leicht ist, zu atmen. Was hast du mit mir gemacht.«

Ich grinse, lasse mich erneut von ihren Lippen einfangen, ehe ich ihr antworte. »Baby, ich kann dir doch nicht meine Auftragskiller Geheimnisse verraten! Wie stehe ich dann da?«

»Bei mir definitiv gut, Radjk.«

Lachend hebe ich sie auf meine Hüfte und trage sie ins angrenzende Zimmer, von dem ich denke, es könnte das Schlafzimmer sein.

Ihrem Alter entsprechend habe ich mit Chaos gerechnet, doch zu meiner Überraschung ist auch dieser Raum, wie das Wohnzimmer, absolut geordnet und sauber.

»Was mache ich jetzt mit dir, Baby?«

Kaum habe ich sie auf der Matratze abgelegt, zieht sie ihre Hose aus und donnert sie in die Ecke.

»Du könntest das mit der Zunge wiederholen.« Ihre Wangen färben sich sofort feuerrot.

»Und das aus deinem Mund?«, will ich amüsiert wissen. *Holy* ... allein die Nummer in der Scheune spricht eine deutliche Sprache im Gegensatz zu der Scham, die sie jetzt ausstrahlt.

»Aus welchem möchtest du es denn sonst hören?«

Dieses freche Weib.

Ich packe sie unter ihrem süßen Aufschrei an den Knöcheln, bis ihre Beine über dem Bett hängen.

Vor ihr auf Knien gleite ich mit den Fingern an den geschwollenen Lippen entlang.

»Wenn deine Schwestern wüssten, was für ein böses Mädchen du in Wirklichkeit bist.«

Kichernd windet sie sich, während ich den Slip leicht beiseiteschiebe.

»Und immer so nass, Baby.« Wie könnte ich nicht in ihrem goldenen Nektar versinken? Wie nicht den Geschmack auf meiner Zunge explodieren lassen?

Gekonnt lecke ich die pulsierende Knospe, sauge leicht daran, bis Angelique gequält aufstöhnt. Zwei Finger tauchen in das glänzende Nass, reizen den einen Punkt, um sie noch weiter ins Nirwana zu locken.

Ich genieße, wie sie sich unter mir windet, mein Namen wie ein Gebet über ihre Lippen streift ...

Ihre Pussy zieht sich fest um meine Finger zusammen, während ihr Becken stetig nach oben ruckt.

Um sie noch ein bisschen auf dem Höhentrip zu halten, beiße ich in ihren Kitzler.

»Holy ...«, kommt es erstickt und mit dem Fluch ein heftiger Höhepunkt, der sie regelrecht durchschüttelt. So war das nicht geplant ...

Entschlossen dränge ich zwischen ihre weit geöffneten Schenkel. Gleite einige Male mit meinem Schwanz durch die feuchte Spalte, bevor ich ihn tief in ihre Pussy stoße.

Erneut bäumt sich Angelique auf, während ich ihre schmale Hüfte packe und noch ein Stück tiefer eintauche.

»Du gehörst mir, Kleines.« Sie grinst lediglich unter mir, bevor sie meinen Kopf zu sich zieht und mich mit einem alles verzehrenden Kuss belohnt.

Miteinander verschlungen. Ineinander gefangen, nehme ich sie vollkommen in meinem Besitz. Jeder Stoß katapultiert uns weiter in Richtung Höhepunkt.

# Kapitel 22

## Pio

Ich bin mit Radjk an einen kleinen See gefahren. Nach den unglaublich schönen Stunden genieße ich die Ruhe, die uns hier umgibt.

Auf eine Art fühle ich mich angekommen. All die Zweifel und Ängste, die für gewöhnlich meinen Tag dominieren, scheinen ausgeräumt. Seine Nähe tut mir unglaublich gut. Ich sitze zwischen seinen Beinen, habe mich an ihn gekuschelt und blicke auf die leichten Wellen, die am Kies branden.

»Wir schaffen das«, flüstert er in mein Ohr. Mein Körper wird sofort von Gänsehaut überzogen, während es in meinem Bauch heftig kribbelt.

Bisher bin ich dem Gefühl, das er in mir auslöst, noch nicht auf den Grund gegangen. Es ist neu ... anders, als alles im Vorfeld. Ich habe Valeric gemocht, denn er ist ein toller Kerl. Doch Radjk stellt viele seltsame Dinge mit mir an. Und dabei denke ich nicht an den Sex.

Radjk vermag es wie niemand sonst, mich in einen Kokon zu hüllen. Dort gefangen, kann ich sein, wer immer ich sein möchte. Vor allem aber kann ich spüren, wie Angelique immer mehr zum Vorschein kommt. Das kleine Mädchen mit den Zöpfen rennt wieder über die Wiese, badet im Sonnenschein und ist glücklicher als jemals zuvor.

Radjk scheint die Macht zu besitzen, meine Seele wieder zusammenzuführen ... allein durch seine Anwesenheit.

»Was geht dir durch den Kopf, Angel.«

Ich grinse, denn der Kosename gefällt mir. »Hm ... ich frage mich immer noch, was du mit mir angestellt hast, dass ich mich wie im siebten Himmel fühle«, antworte ich ehrlich.

»Gegenfrage ... Was hast du angestellt, dass ich dich nicht mehr hergeben möchte?«

Das nenne ich jetzt eine Pattsituation. »Ich habe zuerst gefragt«, erwidere ich mit einem leichten Kichern und drehe mich zu ihm um. Auch er trägt ein Lächeln auf den Lippen und scheint einen Augenblick über meine Frage nachzudenken.

»Ich könnte behaupten, du hast die älteste Waffe der Welt benutzt, Baby.«

Ah, jetzt sprechen wir also in Rätseln. »Welche Waffe wäre das denn?«, hake ich nach. Meine Finger verselbstständigen sich, gleiten ganz langsam unter das schwarze Shirt.

Statt der Antwort haucht er ganz sanft einen Kuss auf meine Mundwinkel. »Das ist kein Ersatz für deine Worte, Radjk.«

Ich muss die Augen schließen, um das wilde Kribbeln in meinem Bauch unter Kontrolle zu bringen.

»Mhm ...«

Er gibt mir wieder keine Antwort. Auch seine Finger, die über meine Seite gleiten, helfen mir nicht dabei. Im Gegenteil. Sie lenken mich ab, dass ich fast vergesse, was ich eigentlich von ihm wollte.

»Du kämpfst unfair, Killer«, ringe ich mir ab. Gegen die vielen, kleine Küsse auf meinem Hals bin ich machtlos. Wie auch gegen die Berührungen unter meinem Top.

Wir haben so oft in den letzten Stunden miteinander geschlafen, doch der Hunger meldet sich erneut zu Wort. Es ist, als könnte ich von ihm niemals genug bekommen. Als bräuchten wir die innige Verbindung, aus Angst, uns ansonsten zu verlieren.

»Ich habe nie eine Frau in mein Leben gelassen ... jetzt ist die Eine bei mir, die ich nicht gehen lassen möchte.«

Mein Herz setzt für einen winzigen Moment aus, während mein Kopf seine Worte verarbeitet und es im schnelleren Takt weiter schlägt.

»Du bist besonders, Angel. Eine der Frauen, für die ein Mann auf die Knie gehen möchte und alles nur Erdenkliche anstellt, um sie zu beschützen.«

Muss er das sagen? Wie soll ich darauf reagieren? Für mich ist alles so neu ... Ein Mann hat noch nie eine große Rolle in meinem Leben gespielt. Und die, die der Meinung waren, es für sich nutzen zu können, haben keine guten Erinnerungen hinterlassen.

»Dein Boss war da anderer Meinung.« Im Grunde will ich etwas ganz anderes sagen, doch die Emotionen spulen sich ungefragt nach oben.

»Er ist nicht mein Boss, Angel. Wie auch bei dir, gab es einen Grund, warum ich in seine Dienste getreten bin. Mit dem Wissen heute, würde ich lieber sterben, als die Hand des Teufels zu ergreifen. Das kannst du mir glauben.«

Hm ... auch ich würde einiges ändern, wenn ich es denn könnte. »Ich weiß. Tut mir leid. Es ist nur ... in den zwei Jahren, nachdem mich Hades von der Straße geholt hat, trete ich förmlich auf der Stelle. All die kleinen Dinge sind mir so unglaublich schwergefallen. Ich war nur ein Abbild meiner selbst und verdammt unglücklich mit der Situation.«

»Das kann ich verstehen, Baby. Du hast das durchmachen müssen, was ich niemandem Wünsche. Ein Kind in deinem Alter sollte das Leben genießen, zur Schule gehen und sich nachmittags mit Freunden treffen.«

Ich schließe meine Augen, um die Vergangenheit zurückzudrängen. Meine Kindheit war schön, denn meine Eltern haben mich geliebt und es mir jeden Tag gezeigt. Nach ihrem Tod sollte ich im Heim leben, doch das konnte ich nicht, also bin ich auf die Straße geflohen. Oft habe ich diese Entscheidung bereut. Wäre es dort besser gelaufen? Hätte ich die Chance auf ein ganz normales Leben gehabt?

»Lass uns nicht mehr darüber sprechen, okay? Dieses Kapitel muss sich endlich schließen, damit ich nach vorn blicken kann.«

»Das werden wir, Baby. Mit Hilfe der beiden Clubs werden wir genau das tun.«

Ich mag seinen Optimismus. Noch ist Mischka am Leben und ich weiß nicht, ob der Plan von Hades und Dean funktionieren wird. Wer weiß, mit wie vielen Männern er nach Houston kommt. Am meisten jedoch, habe ich Angst um Radjk, der sich in die Schlangengrube begeben muss.

»Ich hoffe, er wird nicht vorzeitig bemerken, dass du ihn hinters Licht führst.« Allein der Gedanke, ihm könnte etwas passieren, setzt mir dermaßen zu, dass ich die Tränen zurückhalten muss. Die Sache auf dem Hof, als ihn die Black Skull in die Mangel genommen haben, hat schon sehr an meiner Grenze geschabt. Insbesondere Valerics Reaktion bringt beim bloßen Gedanken mein Blut zum Kochen. Ich weiß, dass er es meinetwegen getan hat. Er wollte mir auf seine Art zeigen, dass ich ihm dennoch wichtig bin. Das rechne ich dem Sergeant at Arms hoch an. Sie alle wollten mir etwas zeigen, damit ich meine Augen öffnen kann.

»Mach dir keine Sorgen, Kleines. Es muss schon so einiges passieren, um mich aus dem Leben zu kicken. Schließlich warst du mit deinem Schraubenschlüssel auch nicht gerade erfolgreich.«

Darüber bin ich auch sehr froh, denn wenn ich ihn wirklich erwischt hätte, könnte ich das zwischen uns nicht genießen.

»Ich könnte jetzt sagen, dass es mir leidtut, aber dem ist nicht so. Du hast es verdient, weil du mich umbringen wolltest.«

Noch immer sitze ich ihm zugewandt und spiele mit den Brustmuskeln, die sich bei jeder Bewegung anspannen.

»Den Fehler, eine der Hades Sisters zu unterschätzen, unterläuft mir gewiss kein zweites Mal. Jetzt weiß ich schließlich, mit welchen Waffen ihr kämpft.«

Mir ist sofort klar, auf was Radjk anspielt und sein freches Grinsen auch nicht verbirgt.

»Na, wenigstens besitze ich neben meinem Schraubenschlüssel noch eine andere Waffe, um meinen Gegner auszuknocken.«

Ohne Vorwarnung packt mich Radjk und wirbelt mich herum, sodass ich unter ihm liege. »Hey ...«

»Dein Werkzeug sei dir erlaubt, aber deine Pussy gehört ganz allein mir, Angel. Hast du verstanden?«

Ich habe die Augen weit aufgerissen und muss mich dennoch zusammenreißen, um nicht laut loszulachen. »Erkenne ich da einen Funken Besitzanspruch mir gegenüber?«

»Mehr als das, Kleines. Wie ist das bei uns Bikern? Finden, Beanspruchen, Behalten?«

»Allerdings bist du ein Killer. Oder hast du dieses kleine Detail bereits vergessen?«, hake ich amüsiert nach.

»Dean hat mich gefragt, ob ich im Anschluss zu den Black Skull komme. Ich bin wahrlich geneigt, seinem Angebot zuzustimmen.«

Fast meine ich, Radjk erlaubt sich einen Scherz, doch in seinem Blick erkenne ich nichts, was darauf hindeutet.

»Hast du jemals auf einem Motorrad gesessen?«

»Nein, du bis vor zwei Jahren auch nicht. Meinst du, daran könnte ich scheitern?«

Laut lachend schiebe ich ihn von mir und stehe auf. »Na ja. Du bist gut mit jeder Art von Waffe und wahrscheinlich kein guter Reiter. Ich hingegen bin eine Lusche, wenn es um dein Spezialgebiet geht. Vielleicht ergänzen wir uns ja doch perfekt?«

Obwohl, wenn ich so darüber nachdenke ... Ich will nicht auf ewig einen Kerl hinter mir sitzen haben, der sich an mich klammert.

»Lass uns zurück in den Club. In der Werkstatt wartet noch einiges an Arbeit auf mich. Nur, weil ich jetzt ein neues Spielzeug habe, kann ich mich nicht so gehen lassen.«

Ich bin im Sprint zu meiner Maschine gerannt, bevor Radjk schnallt, was ich ihm eben gesagt habe.

Genau diese kleinen Momente sind es, die das Leben in mir wecken und mir das Gefühl geben, endlich wieder ich selbst zu sein.

# Kapitel 23

# Radjk

Zwei Tage ... achtundvierzig wunderschöne Stunden mit Angelique waren mir vergönnt ... bis der Anruf von Mischka kam.

Es ist mir noch nie etwas so schwer gefallen, wie der Moment, in dem ich Plo zurücklassen musste. Ihre Angst zu spüren, die durch ihre Unsicherheit hervorgerufen wird ... das verfolgt mich noch immer.

Ich kann keine Sekunde ruhig in dem kleinen Park stehen, zu dem mich der Russe bestellt hat. Seit mehr als einer halben Stunde warte ich geduldig, während mehrere Black Skull unbemerkt Stellung bezogen haben. Sie werden nicht eingreifen, sondern die Situation lediglich beobachten.

»Mein Freund«, ertönt die markante Stimme Mischkas hinter mir.

»Mein Freund«, antworte ich in alter Manier. Wenn ich ehrlich bin, muss ich meine zuckende Hand sehr zurücknehmen, um nicht sofort nach der Waffe zu greifen und ihn auf der Stelle zu erschießen. Verdient hätte er es allemal.

»Was hast du für mich?« Aus dem Schatten der nächtlichen Dunkelheit tauchen fünf weitere Männer auf. Jeder davon ist schwer bewaffnet. Ich zweifele nicht daran, dass sie mit den Gewehren umgehen können.

»Nicht viel. Das Gelände der Hades Sisters ist uneinsichtig und nahezu immer gut bewacht. Die Mädchen um Hades selbst sind gut organisiert und wissen, was sie tun. Dass der Club der Black Skull gleich nebenan ist, hilft nicht wirklich, denn die Biker haben ein Auge auf die unzähligen Damen in ihrer Nähe.«

Meine Worte sind einstudiert, denn wie sich Mischka verhält, verläuft stets nach einem festen Protokoll, von dem er beinahe nie abweicht. Das ist seine Art, seine Macke und vermutlich auch sein größter Fehler.

»Ich habe geahnt, dass du mir diese Antwort geben wirst.« Aus dem Hintergrund taucht ein weiterer Mann auf, der mir nur zu gut bekannt ist. *Fuck* ... ihn habe ich nicht mehr auf dem Schirm gehabt. Das könnte unseren kleinen Plan gefährlich ins Wanken bringen.

»Sich mit den Clubs anzulegen, halte ich für keine gute Idee. Sie sind Verbündete des MCs in New York. Wenn die Biker mitbekommen, dass wir die Hades Sisters angegriffen haben, werden sie sofort die Waffenlieferungen stoppen und wir stehen auf verlorenem Posten.«

Ich weiß, dass der Präsident des NY MCs den Deal mit Mischka nur ungern geschlossen hat. Mein *Boss* ist dem Club schon lange ein Dorn im Auge.

»Keine Sorge ... Wenn es so weit kommen sollte, dann werde ich mich darum kümmern. Ein kleiner Auftragskiller muss sich wirklich nicht meinen Kopf darüber zerbrechen.«

Ich hasse ihn. Auf der einen Seite weiß er, dass er mir mehr als einmal sein Leben verdankt und dennoch behandelt er mich wie den letzten Dreck. Nahezu jeden, der in seinem Wirkungskreis weilt.

»Hol deine Sachen, Radjk. Wir treffen uns in einer Stunde in meinem Hotel in der Innenstadt und werden über das weitere Vorgehen sprechen. Also trödel nicht.«

Er geht und lässt mich in der Dunkelheit zurück. Ich muss die Black Skull nicht warnen, denn ich denke, sie werden Mischkas Plan bereits durchschaut haben und für die nötige Sicherheit sorgen.

Ich atme tief durch, ehe ich zum Ende des Parkes gehe und in den Camaro steige. Bis zum Motel ist es nicht weit, sodass ich nur schnell meine Sachen holen und anschließend zu Mischka fahren kann.

Wie ich ihn kenne, wird er die beiden Clubs noch heute Nacht angreifen. Etwas, dass Dean und Hades hoffentlich verhindern.

Der Mann, der bei ihnen ist, ist ein Verrückter, der Spaß am Leid anderer hat. Wer glaubt, ein Auftragskiller sei der schlimmste Albtraum ... der sollte niemals seinen Weg kreuzen. Nur einmal musste ich dabei zusehen, wie er einen Mann bei lebendigem Leib die Haut von den Knochen geschält hat. Das allein hat mir gereicht.

Ich möchte mir nicht ausmalen, was er einem Geschöpf wie Angelique antun mag. Mit Sicherheit hat Mischka dafür bereits einen Plan, denn ansonsten wäre er ohne seinen Killer hier aufgetaucht. Mir scheint er in diesem Punkt jedenfalls nicht mehr zu vertrauen. Das ist schlecht, denn eine solche Reaktion deutet darauf hin, dass er sich meiner nicht mehr hundertprozentig sicher ist und ich ebenfalls im Fadenkreuz des Russen stehe.

Ich muss für mich einige Vorkehrungen treffen, ehe ich ins Hotel fahre, wenn ich nur wüsste, wie diese aussehen. Zumindest ist es ein kleiner Trost, dass Angelique in Sicherheit bei ihren Schwestern ist. Der Russe darf ihrer auf keinen Fall habhaft werden.

Am Motel angekommen, gehe ich in mein Zimmer und sammele meine Sachen zusammen. Viel ist es nicht, denn ich habe gelernt, immer sofort auf dem Sprung zu bleiben.

Als Auftragskiller ist es besser, keine Spuren zu hinterlassen. Auch nicht solche, die neben dem Bett auf dem Boden liegen.

Lächelnd hebe ich den zerfetzten Slip von Angelique auf. Ich habe keinen Zweifel mehr daran, dass sich die Kleine bereits in mein Herz geschlichen hat.

Seit dem Vorfall im Club der Schwestern, scheint sie losgelöst und offenbart immer mehr die echte Frau, die sich unter der Kutte versteckt.

Sie ist so voller Leben und Energie ... Ich will nicht, dass man ihr das wieder nimmt. Endlich hat sie die Chance, die Vergangenheit hinter sich zu lassen.

Sobald Mischka aus dem Weg ist, wird der New Yorker Club sein Imperium niedermähen. Diesen Deal hat Dean abgeschlossen. Im Anschluss muss sie keine Angst mehr haben.

Ich stecke den Slip in meine Hosentasche, schultere die Tasche und gehe zurück zum Wagen. Das flaue Gefühl, das mich fortwährend begleitet, versuche ich zu ignorieren. Ich mache mir nur Sorgen um

Angelique, rede ich mir immer wieder gut zu, während ich zum Hotel fahre.

Houston ist ruhig ... zu ruhig. Als wüsste die Stadt, was sich in ihrem Herzen abspielt. Ich bin mir sicher, dass Mischka einen festen Plan hat und er mich gleich darüber aufklären wird, wie genau dieser aussieht.

Ich erreiche das Hotel, übergebe den Schlüssel an einen Pagen und eile hinein.

Das schlechte Gefühl wächst mit jeder Sekunde, mit jedem Meter, die ich die Stufen nach oben eile.

Vor der Zimmertür halte ich kurz, atme tief durch, bis ich hineintrete. Sofort sind alle Augenpaare auf mich gerichtet. Ich werde das Gefühl nicht los, dass sie mich längst durchschaut haben.

»Komm rein, mein Freund.« Auch die Art, wie er die Worte sagt, lässt mich aufhorchen.

Auf dem Tisch, um den alle drumherum stehen, erkenne ich Fotos. Nicht irgendwelche Bilder, sondern jene, die mich mit Angelique am See zeigen. *Fuck.*

»Sie ist wirklich ein außergewöhnliches Geschöpf, nicht wahr? Ihr haftet die Spur eines kleinen Mädchens an, die einen Mann in den Wahnsinn treibt.«

Ich schweige. Angelique ist für mich kein Mädchen, sondern eine Frau.

»Von dir hätte ich nicht erwartet, dass du mir in den Rücken fällst. Nach all den Jahren. Aber ich verstehe es Bruder. Das Mädchen hat seine Reize, denen jeder Mann sich irgendwann nicht mehr entziehen kann. Ich verzeihe dir und ich bin mir sicher, dass du deinen Fehler wieder gutmachst, nicht wahr?«

Ich schlucke schwer.

»Fesselt ihn. Wir haben den perfekten Grund gefunden, warum die Kleine von ganz allein brav zu uns kommen wird.«

Es macht keinen Sinn, sich dagegen zu wehren. Wenn er mich jetzt tötet, weil ich versuche zu flüchten, dann bin ich Angelique keine Hilfe mehr.

»Wenn ich meine beste Kuh wieder im Stall habe, dann darfst du gern als persönlicher Bodyguard an ihrer Seite weilen. Ich möchte ja nicht, dass meine Kunden das kleine Kind zu Tode ficken.«

Er provoziert mich, doch ich versuche, ruhig zu bleiben. So weit wird es nie wieder kommen. Das werden die Hades Sisters und die Black Skull nicht zulassen.

# Kapitel 24

P|O

Hades ist der Teufel in Person. Daran habe ich keinen Zweifel mehr. Schon von Anfang an war ihr klar, dass der Russe Radjk niemals unbeaufsichtigt gelassen hat, nachdem er wusste, wo Radjk mich vermutet.

Sie hatte recht, wie der Test am See offenbart hat. Mischka weiß, dass sein Killer nicht mehr auf seiner Seite steht. Und ich weiß, dass ich Radjk in Gefahr gebracht habe, indem ich ihm den Plan meiner Präsidentin verschwiegen habe.

»Alles gut, Süße?«, will Ruin wissen, die neben mir vor dem Hotel steht, indem Radjk eben verschwunden ist.

»Nein ... ich habe Angst, dass sie ihm das Leben nehmen. Allein der Gedanke ist furchtbar.«

Sie lächelt liebevoll, wie nur eine Ruin das vollbringen kann. Trotz ihrer rauen Art, die sie oftmals eher als Kerl wirken lässt, besitzt die VP eine unheimlich fürsorgliche Seite.

»Du liebst den Kerl, hmm?«

Ihre Frage verwirrt mich. »Wie meinst du das?«

»Oh, Kleines. Das Bauchkribbeln oder die Schmetterlinge in deinem Bauch. Ständig musst du Grinsen, willst mit dem Menschen zusammen sein und genießt jede Minute in seiner Gegenwart? Dein Herz schlägt schnell, wenn du nur an ihn denkst. Das meine ich, Plo.«

Sofort breitet sich Hitze auf meinem Gesicht aus, was ich vor Ruin zu verstecken versuche.

»Oh Kleines ... das ist doch schön. Ich freue mich für dich. Und Radjk scheint ganz in Ordnung zu sein, was ich bisher mitbekommen habe.«

Liebe? »Findest du es nicht ein wenig früh, dass Wort Liebe in den Mund zu nehmen?«

»Mary, Kitty ... Gegen Gefühle sind wir machtlos, glaub mir. Sie überrennen dich einfach, ohne dir die Chance zu geben, ihnen auszuweichen.«

»Sprichst du aus Erfahrung, VP?«

Ruin sieht kurz zur Seite, ehe sie wieder zurückblickt und lächelt. »Spielt keine Rolle, Kleines. Ich bin mit meinem Los, so wie es ist, sehr zufrieden.«

Warum glaube ich ihr das nur nicht. »Liegt es daran, dass du Frauen bevorzugst?«, hake ich nach.

Einige der Hades Sisters sind auf Frauen fixiert. Es stört mich nicht, denn ich gönne jedem sein Glück. Egal in welcher Form. Liebe sollte das sein, was keinen Regeln, keinen Grenzen und keinen Vorschriften unterliegt.

Seufzend verdrehe ich die Augen. Das muss ja ausgerechnet von mir kommen, zumal ich mir doch gerade die Frage gestellt habe, ob das zwischen Radjk und mir nicht zu schnell geht.

»Wir sollten beide wissen, dass es nicht immer leicht ist. Mach dir keine Gedanken um mich. Es sollte nicht sein und das habe ich hingenommen.«

Und das sind Worte, die nicht zu ihr passen wollen. Ruin gibt nicht auf ... Hallo?

»Das höre ich aus deinem Mund gar nicht gern. Du bist ein wunderbarer Mensch, VP. Wenn ich auf Frauen stehen würde, wärst du definitiv meine erste Wahl.«

Laut lachend legt sie den Kopf in den Nacken und erntet von Mary einen bösen Seitenblick. Die Vollstreckerin ist seit meiner Offenbarung mit Radjk nicht gut auf mich zu sprechen. Ihr gefällt der Fremde in unseren Reihen nicht. Wenn Hades ihr das Zepter übergeben würde, dann würden wir ihn jetzt nicht retten, sondern ihn irgendwo vergraben. Ein

Wunder, dass bei all den Toten, die Marys weg säumen, noch kein Grab aufgetaucht ist. Die Wälder rund um Houston müssten beinahe überquellen.

»Danke für das Kompliment, Süße. Es gab eine Frau, die perfekt zu mir und mein Leben gepasst hätte, doch sie wollte nicht. Ende der Geschichte. Nicht bei jedem gibt es ein Happy End. Insbesondere nicht für Menschen, die in den Augen der Gesellschaft Abschaum sind. Gleichgeschlechtliche Paare werden noch immer verhöhnt und sind nicht gern gesehen. Ich habe ihr nie einen Vorwurf daraus gemacht, dass sie aus Angst nicht zu mir stehen konnte.«

Das klingt verdammt traurig. »Ist das in New York passiert oder hier in Houston?«

Ruin setzt sich auf einen Stein, der auf der Rasenfläche in unserem Rücken liegt.

»Hier in Houston. Aber das ist nicht mehr so wichtig, Kleines. Sie hat inzwischen einen Mann an ihrer Seite und scheint darüber sehr glücklich zu sein.«

Wir sind noch nicht lang in der Stadt ... aber wenn ich Ruin so reden höre, dann kann die Dame ihres Herzen es keinesfalls ernst gemeint haben.

»Trotzdem nimmt dich das sehr mit. Es muss schwer sein, wenn du uns alle siehst, oder?«

Ruin ist eine der wenigen Schwestern, die ich wirklich von Herzen mag und die mir wichtig ist. Ich wünschte, ich könnte ihr in diesem Punkt helfen.

»Ich bin anders, Kleines und ich habe nie einen Hehl daraus gemacht, dass ich auf Pussys stehe. Mit meinem Bruder in New York habe ich stets einen kleinen Wettkampf veranstaltet, wer von uns beiden besser lecken kann. Meistens sind die Frauen bei mir geblieben.«

Ich kenne Poison, den Vollstrecker des New Yorker Clubs, bei dem wir eine Zeitlang untergekommen sind.

»Das kann ich schwer beurteilen und ich möchte es auch ehrlich gesagt nicht mehr testen, VP.«

»Irgendwann kommt die Richtige vorbei. Daran habe ich keinen Zweifel, Süße. Mira war es nicht und wer weiß, wofür die Erfahrung gut war.«

Mira? In meinem Kopf klingelt es. Ich kenne sie. Sie beliefert mich mit Motorradteilen und führt ein kleines Geschäft Downtown.

»Behalt es dennoch für dich. Ich möchte nicht, dass du sie auf mich ansprichst, okay?«

Nur leicht nicke ich, da mich die Ereignisse vorm Hotel einnehmen.

Auch Mary deutet an, dass wir unser Gespräch beenden sollen.

Mischka eilt, gefolgt von sechs Männern und Radjk die Treppenstufen hinunter.

»Dann hoffen wir mal, dass wir wenig Schaden anrichten«, meint Ruin.

Jeder kennt seinen Platz und seine Aufgabe. Meine besteht darin, in aller Seelenruhe, zum Hotel zu gehen.

Mit klopfendem Herzen gehe ich jeden Schritt bewusst, bis ich im Sichtfeld der Männer bin. Radjk registriert mich zuerst. Dass er sauer ist, kann ich sofort erkennen. Wenn er könnte, würde er mir dermaßen den Hintern versohlen.

»Angelique ... mein Kind.«

Lächelnd ziehe ich die Waffe und richte sie auf Mischka. »Du bist nah genug«, zische ich. »Außerdem bin ich kaum hier, weil ich eine nette Wiedersehensfeier geplant habe. Du hast etwas, das mir gehört.«

»Ach komm, Kindchen. Du wirst dich noch verletzen.«

Ohne zu zögern, drücke ich ab. Die Kugel dringt direkt neben seinen Füßen in den harten Beton. Ich muss meine Euphorie echt dämpfen, dass es mir tatsächlich gelungen ist.

»Es gibt nur eine einzige Warnung, Mischka. Ich will meinen Old Man zurück und du wirst die Stadt verlassen, oder die Hades Sisters werden dir zeigen, wozu kleine Mädchen im Stande sind.«

Er lacht ... wie er es oft getan hat. Ich hätte nicht gedacht, dass es genau das ist, was mich nach zwei Jahren noch immer so sehr aus der Bahn werfen kann.

»Brich ihm das Genick, Detrov.«

Mein Herz setzt aus. Ich sehe bereits, wie er seine schmierigen Finger um Radjks Hals legt und mich angrinst, in dem Wissen, dass ich verloren habe.

Meine Gedanken, meine Bewegungen sind wie ferngesteuert. Hier geht es nicht um mein Leben, sondern um das meines Mannes.

Ich spüre den Zug, den ich auf den Abzug lege. Fühle, wie mein Finger in Zeitlupe Druck ausübt. Der Rückstoß dringt kaum in meine Wahrnehmung. Nur die Kugel, die ihren Weg in Millisekunden nimmt und den Mann tötet, der Radjk umbringen will.

*OMG.* Ich habe einen Menschen getötet. Vollkommen fassungslos blicke ich auf die leblose Gestalt, die hinter Radjk auf dem Boden liegt.

Die Szenerie um mich herum verschwimmt zu einer wabbligen Masse aus Bildern. Meine Schwestern stürmen nach vorn, töten einen Mann nach dem nächsten, bis nur noch Mischka übrig ist.

Radjk hat ihn im Schwitzkasten und zwängt den Russen in meine Richtung.

»Ist es wirklich so leicht, Radjk?« Ich bin in einer Trance gefangen, während seine blauen Augen mich zurück in die Wirklichkeit führen.

»Sein Tod ist nur der Anfang, Angel.«

Ruin und Mary treten an meine Seite. In der Hand der Vollstreckerin erkenne ich das Messer, dass sie mir entgegenhält.

»Das ist deine Chance, Plo.«

Hier? Mitten in der Öffentlichkeit?

Hinter Radjk beginnen die anderen Sisters bereits damit, die Leichen wegzuschaffen.

Ich nehme die Klinge entgegen und gehe auf den Mann zu, der mir alles genommen hat. Der so viel Leid über Menschen wie mich gebracht hat.

»Das ist der Dank für meine Selbstaufopferung, in dem ich Mädchen wie dich von der Straße geholt habe, auf der ihr ohne Zweifel verhungert wärt.«

Mein Blick ist auf Radjk gerichtet. Seine Nähe bedeutet Ruhe und Geborgenheit. Aber auch Verständnis dafür, dass ich eben nicht wie Mary oder Kitty bin.

»Ich weiß, wer ich bin. Aber vor allem weiß ich, wer ich nicht sein will.«

Mary reiche ich das Messer zurück, bis ich darauf warte, dass Radjk mein Werk vollendet.

»Mein Dank ist ein schneller Tod, den du keinesfalls verdient hast. Ich wünsche mir, dass du dich in dem Loch windest, in dem wir dich verscharren werden, mit dem Wissen, dass wir dein Imperium für immer zerstören.«

Es dauert nur einen winzigen Moment, bis Radjk ihm das Genick gebrochen hat und Mischka zu Boden fällt.

»Ich bin unheimlich stolz auf dich, Baby. Es gehört viel dazu, seinen Prinzipien treu zu bleiben.« In seinen Armen bin ich geborgen ... in seinen Armen bin ich Angelique. Das Mädchen, das vor so vielen Jahren ängstlich abgehauen ist. Ich habe sie wiedergefunden ... in den Armen meines vermeintlichen Mörders.

# Kapitel 25

## Radjk

6 Wochen später

Ruhig lehne ich an der Harley und beobachte die kleine Auseinandersetzung zwischen Plo und einem Black Skull, der sich erlaubt hat, meine Maschine anzufassen.

Wenn es darum geht, dann kennt mein Mädchen keinen Spaß. Ich könnte sie beruhigen, doch das macht bei einer Hades Sister keinen Sinn. Die Damen haben ihren eigenen Kopf und der ... ja, bringt einen Mann fortwährend ins Straucheln.

Inzwischen hat Dean mich bei den Black Skull aufgenommen. Natürlich muss ich mich meinen neuen Brüdern noch beweisen, doch das Anwärterjahr stehe ich ohne Probleme durch. Wie das mit den Leichen funktioniert, weiß ich zum Glück.

»Du magst es, wenn sie ihren Mann steht, oder?«

Ruin, die gute Seele aller, ist an mich herangetreten und sieht ebenfalls in die Werkstatt der Skulls.

»Ich sehe dabei zu, wie Angelique sie selbst ist, VP. Nicht mehr und nicht weniger.«

Die Kleine wächst mir mit jedem Tag mehr ans Herz. Bisher habe ich ihr das nicht gesagt, doch Angelique hat es für sich erobert. Dieser kleine Wildfang mit den wunderschönen grünen Augen hat mich auf die Knie gezwungen.

In meiner Jeans wartet bereits das Patch, dass sich die Hades Sisters und die Black Skull als Zeichen der Zusammengehörigkeit geben.

Eigentlich hatte ich vor, es ihr heute zu überreichen, doch meine Lady hatte etwas anderes im Sinn, als sie die Veränderung an meiner Maschine bemerkt hat.

»Und wag es nich«, droht sie Leon mit erhobenem Zeigefinger, bevor sie zurück zu mir eilt.

»Ich wäre bereit«, lässt sie mich wissen und steigt auf die Harley.

Wortlos setze ich mich ebenfalls und warte, bis sie die Arme um meine Mitte geschlungen hat.

Was das Fahren angeht, hatte ich eine süße kleine Lehrmeisterin, die mich in den letzten Wochen wirklich hart rangenommen hat. Aber auch ich habe meinen Teil beigetragen und das Training mit Plo fortgesetzt. Sofern wir nicht beide im Bett lagen und übereinander hergefallen sind.

Nach Mischkas Tod, hat New York Wort gehalten und die Fäden des Russennetzwerkes innerhalb der Stadt zerschlagen. Ich weiß nicht, welche Abgründe sich dabei aufgetan haben, doch ich möchte es auch nicht mehr wissen. Das Kapitel ist beendet und ein neues mit Angelique an meiner Seite aufgeschlagen.

Mit einem kräftigen Tritt erwacht die Harley unter mir zum Leben. Ich möchte zurück an den See und ihr endlich sagen, wie wichtig sie mir ist. Bisher hat keiner von uns den Mut besessen, dem anderen seine Gefühle zu offenbaren.

Ich weiß, dass Angelique mich liebt, doch es zu sagen fällt ihr schwer. Und warum sollte ich nicht den ersten Schritt unternehmen? In meinen Augen macht es keinen Mann schwach, nur weil er offen darüber spricht, dass die Frau an seiner Seite ihm alles bedeutet. Denn genau das tut Angelique ... sie ist ALLES für mich.

Der Sonnenschein, wenn ich morgens aufwache. Der angenehme Regenschauer, wenn ich mein Gemüt beruhigen muss und das Sternenzelt, wenn ich Liebe und Geborgenheit suche.

Mit ihr im Rücken fühlt sich mein Leben endlich richtig an. Wer hätte das gedacht, als ich den Auftrag bekam, diese wunderbare Frau zu töten? Ich wohl am allerwenigsten.

Am See angekommen, parke ich die Maschine ab und warte, bis sie abgestiegen ist.

Angeliques Lächeln nimmt mich sofort gefangen, als ich sie ansehe und ebenfalls absteige.

»Sieh mich nicht so an«, flüstert sie direkt vor mir. Ihre grünen Augen erlauben mir, bis tief in ihre Seele zu schauen.

»Wie sehe ich dich denn an, Angel?«

»Als würdest du mich gleich töten wollen.«

»Davor musst du keine Angst mehr haben. Ich finde es schöner, wenn du für mich atmest, Kleines.«

Zärtlich streiche ich ihre eine Strähne hinter das kleine Ohr.

»Ich muss dir etwas sagen, Baby.« Jedenfalls würde ich das gern, wenn sie mich nicht mit ihren Blicken förmlich ausziehen würde.

»Und? Was möchtest du mir sagen, Killer?«

»Ich mag vielleicht nicht der Mann sein, den du dir in deinen Träumen vorgestellt hast. Ein junges Ding, wie du es bist, sollte sich nicht auf einem alten Knacker wie mich einlassen.«

»Und wenn ich auf ältere Männer stehe?«

Da könnte durchaus etwas dran sein. »Die letzten Wochen mit dir waren atemberaubend, Kleines. Ich hätte nie gedacht, einer Frau wie dir zu begegnen.«

Angelique schließt die Augen, während sich ihr zierlicher Körper an mich schmiegt.

»Ich ... Ich habe mich total in dich verliebt, Baby. Es gibt keine Sekunde, in der ich nicht an dich denke. Wenn ich Dienst im Wachhaus schiebe, fehlst du mir ... ein Leben ohne dich ... das würde ich gar nicht mehr wollen. Du bedeutest mir so unglaublich viel, dass mir einfach die Worte dafür fehlen, Kleines.«

»Du möchtest mich also zu deiner Old Lady machen?«

»Mehr als das, Angelique.«

Sanft küsse ich sie, koste ihre weichen Lippen und lasse ihre Hände auf Wanderschaft gehen.

»Ich liebe dich auch, Radjk ... und ich wäre gern die Lady an deiner Seite.«

Mühelos hebe ich sie auf meine Hüfte, genieße unseren leidenschaftlichen Kuss, der die Glut in uns weckt.

»Du gehörst mir, Baby«, hauche ich sanft.

»Ja, Killer ...«

Mit ihr lasse ich mich sinken, bette sie auf dem weichen Gras, ehe ich sie wieder küsse.

Voller Ungeduld schieben sich ihre kleinen Finger in den Bund meiner Jeans. »Böses Mädchen«, keuche ich auf.

»Nein ... böse Hades Sister«, verbessert sie mich.

»Meins«, beende ich die kleine Diskussion. Angelique gehört mir ... und ich werde den Teufel tun, ein Geschenk wie sie jemals wieder herzugeben.

Nicht einmal der plötzliche Starkregen, der ohne Vorwarnung einsetzt, hält mich davon ab, ihr die Leggins abzustreifen und den Slip beiseitezuschieben, um sie ganz für mich einzunehmen.

Selbst das laute Grollen des Himmels vertreibt die Hitze nicht, die sofort das Feuer in uns entfacht.

Wild, hart und voller Begierde verlieren wir uns wie so oft aneinander. Mit ihr, in ihr, bei ihr ... bin ich komplett und ich weiß, dass es Angelique genau so geht.

»Ich liebe dich, Baby«, sage ich und stoße noch fester zu. Ihre Innenwände krampfen sich um meinen Schwanz zusammen, sodass ich mich beherrschen muss.

»Ich liebe dich auch, Killer.«

Aus dem Regen werden kleine Hagelkörner, doch ich schütze mein Mädchen mit meinem Körper, während wir aufs innigste miteinander verbunden sind.

Angelique klammert sich an mir fest, schiebt mir ihr Becken entgegen, sodass ich uns geradewegs auf den Höhepunkt katapultiere.

Schweratmend ruht mein Blick auf ihr, während ich sie vor dem kleinen Schauer schütze.

»Es ist ziemlich nass, Killer.«

»Echt? Obwohl, jetzt, wo du es sagst.«

Lachend ziehe ich mich aus ihr zurück und helfe Angelique auf die Beine, damit wir uns endlich unter einem der Bäume verstecken können.

»Hast du das so geplant?«

»Nein ... ich habe nie geplant, so unsagbar glücklich mit dir zu werden Angel. Doch ich bin froh, dass du mir damals eine verpasst hast.«

»Das kann ich in Zukunft gern öfter machen. Immerhin sollen Schläge auf den Kopf das Denkvermögen erhöhen.«

Ich packe meine Lady und wirbele uns einige Male um die eigene Achse.

»Du bist so verdammt frech, Mädchen. Aber ich liebe es.«

»Hab ich gewusst.«

Mit ihr in meinen Armen darf die Welt gern stillstehen oder sich rasant weiterbewegen. Es mag noch nicht alles Gold sein, was glänzt. Aber das wird es irgendwann. In dem Augenblick, in dem wir der

Vergangenheit nicht mehr erlauben, unsere Zukunft zu bestimmen.

## Ruin – The VP

*Für meine Schwestern bin ich ein Anker, doch was bin ich für dich?*

*Wie oft habe ich mir die Frage gestellt, während ich vor deinem Geschäft sitze und dich bei der Arbeit beobachte.*

*Ich kann sehen, dass du nicht glücklich bist. Jede Faser deines Körpers schreit förmlich hinaus, wie unwohl du dich an der Seite des Mannes fühlst, den deine Eltern für dich ausgewählt haben.*

*Vor ein paar Monaten hätte ich schwören können, dass du mich liebst ... Dass ich dir wichtig bin.*

*Doch deine Angst vor der Welt ist zu groß. Du kannst nicht zu mir stehen, weil ich nicht nur eine Gesetzlose bin, sondern auch eine Frau.*

*Bei uns geht es um so viel mehr, als nur reine Anziehung. Um so viel mehr, als nur Sex.*

*Ich habe es in deinen Augen gesehen ... Das Feuer, das nur für mich zu brennen scheint, denn bist du bei ihm, ist es gänzlich erloschen.*

*Sag mir, was ich tun soll!*

*Sag mir, wie ich aus Mira und Ruin ein wir machen kann.*

*Ich will dich nicht aufgeben, bin nicht bereit meinen Platz an deiner Seite zu räumen.*

*Ich bin eine Hades Sister ... die gottverdammte Vizepräsidentin und du Kleines, du gehörst mir.*

*Schon von der ersten Sekunde an wusste ich, dass ich nie wieder etwas so sehr begehren werde, wie ich dich begehre.*

*Ich möchte deine weichen Lippen spüren, deine Haut unter meinen Fingerspitzen fühlen und hören, wie du meinen Namen vor Lust stöhnst.*

*Ich weiß, dass ich dich beschützen kann und werde. Niemand kann dir jemals ein Leid zufügen ... lass es zu. Reich mir deine Hand und alles wird gut.*

*Vertrau mir und ich werde es dir beweisen.*

*Ich werde es allen beweisen ... nicht zuletzt mir selbst.*

# Leseempfehlung

## Serpent Slayer

Von Ella Silver

BIKER DARK ROMANCE - die neue Reihe von Ella Silver!

Wer besiegt die Schlange?

Meine Zwillingsschwester Savage ist eine Schlangengrube auf zwei Beinen.
Gemeinsam mit ihrem Freund beklaut sie den größten MC Kaliforniens.

Als die Serpent Slayer mich erwischen, lerne ich schnell, wie sie mit Verrätern verfahren.

Tagsüber werde ich von Ash, dem Präsidenten gequält, nur um nachts in seinen Armen ein wenig Trost zu finden.

Bei der ersten Gelegenheit ergreife ich die Flucht und will nur in mein altes Leben zurück.

Doch ich kann die sicheren, muskulösen Arme, die mich gefoltert und beschützt haben, nicht vergessen!

**Werde ich der lauernden Schlange entkommen und mein Glück wiederfinden oder gewinnt diesmal das Böse?**

Alle Teile der Serie sind unabhängig voneinander und können separat gelesen werden.
Volle Romanlänge!

Link: https://amzn.to/34xXCbA

Love Inclusive - Unverhofft kommt oft!
Von Olivia J. Gray

**Die Zeitungsfinte …**
Einen berühmten Footballstar zu jagen, ist nicht einfach!
Die Verfolgung unerkannt zu bewerkstelligen, noch schwieriger!
Wenn ein weiterer Mann sich einem in den Weg stellt, wird's ungemütlich!
Das Herz vor unerwünschten Emotionen zu schützen, beinahe 'unmachbar'!
Verzweifelt und gebrochen flieht Abby in die Anonymität der Großstadt …

**Wird die Liebe sie womöglich dennoch dort aufspüren?**

Link: https://amzn.to/3rFZFn5

## Blind Date - All Inclusive

Von Mary Skull

**Selbst ist die Frau!**

Ein heißer Chat, eine innige Liebe - wer träumt nicht davon?

Wenn man jedoch nicht bei seinem Auserwähltem sondern dessen Bruder aufwacht, scheint Flucht der einzige Ausweg zu sein.

Doch der Psychopath, der plötzlich die Straßen mit Opfern seiner Übergriffe und zahlreichen Leichen übersät, hinterlässt eine eindeutige Botschaft.

Nach einer weiteren Gefangennahme steht für Mia fest: Sie muss sich ihrem Albtraum stellen!

**Ein erbitterter Kampf ums Überleben beginnt!**

TRIGGERWARNUNG:
Das Buch enthält explizierte Szenen und Gewaltdarstellung.
Für sensible Menschen ist es daher ungeeignet!

Link: https://amzn.to/3map5rz

## Father or Son?

Olivia J. Gray

**Sicherheit versus Leidenschaft!**

Um mein Studium zu finanzieren, nehme ich einen neuen Job an.

Wer konnte ahnen, dass gleich zwei Männer mein Herz in Aufruhr versetzen werden?

Der eine ist ein gestandener Geschäftsmann, der mich mit seiner erfahrenen und galanten Art einnimmt.

Der andere ist sein Sohn. Wild, rebellisch, ungezogen direkt beschämt er mich pausenlos und bringt mühelos meine Mitte zum Pochen.

Jede Novelle ist in sich abgeschlossen und unabhängig von den anderen lesbar.

Link: https://amzn.to/2SSQJzo

## Raven Mistake

Part One

Von Addison More

**Neugierde ist des Rabens Untergang!**

**Drei Brüder, drei Raben, eine Entscheidung, die alles verändert!**

Ehemals waren die Raben weiß und dienten den Göttern, bis ein Fluch der Mächtigen ihr Vogelkleid schwarz färbte und sie in das Reich der Menschen verbannte.

Gefangen unter Fremden müssen sie sich nun dem Hass, der Ausbeutung, den Ungerechtigkeiten und auch der Liebe stellen, um die Menschen zu verstehen und den Fluch zu brechen.

Doch ist Ravens Verzicht auf die einzig wahre Liebe tatsächlich das, was die Götter erwarten oder bringt er nur Unglück und Leid über die, die er liebt?

Link: https://amzn.to/3hkKDks

# The Teacher
Von Talvi Johansson

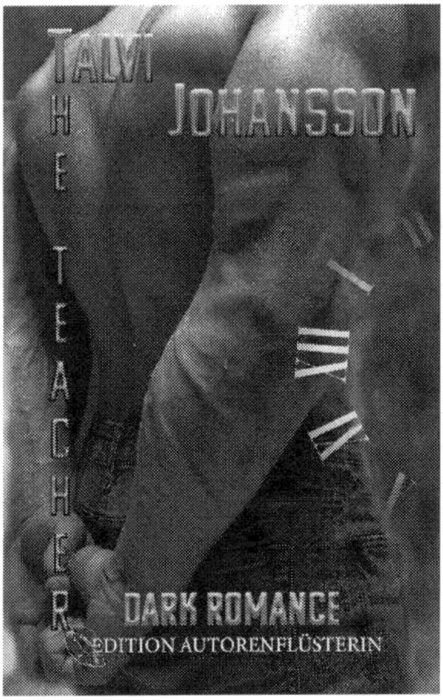


DARK ROMANCE!

**Kein Entkommen möglich!**

Eigentlich bin ich eine Wohltäterin, denn ich beschenke die Armen.

Eigentlich bin ich eine Kunstdiebin, ein moderner 'Robin Hood'.

Und eigentlich hätte ich auf meinen Ausbilder hören sollen, denn ich spürte die Falle lange bevor sie zuschnappte.

Das Zielobjekt ist so abgrundtief böse, dass ich kaum atmen kann und doch muss ich mich ihm stellen, wenn ich dich wiedersehen will.

**Ich hätte auf dich hören sollen! Ich hätte meinem Bauchgefühl vertrauen sollen! Ich hätte dich suchen müssen, als ich noch die Chance dazu hatte!**

TRIGGERWARNUNG:
Dieses Buch enthält explizite Szenen und Sprache.
Für Personen mit traumatischen Erfahrungen ist es eventuell nicht geeignet.

Link: https://amzn.to/3a0FPwM

Monster's Toy

Von Talvi Johansson

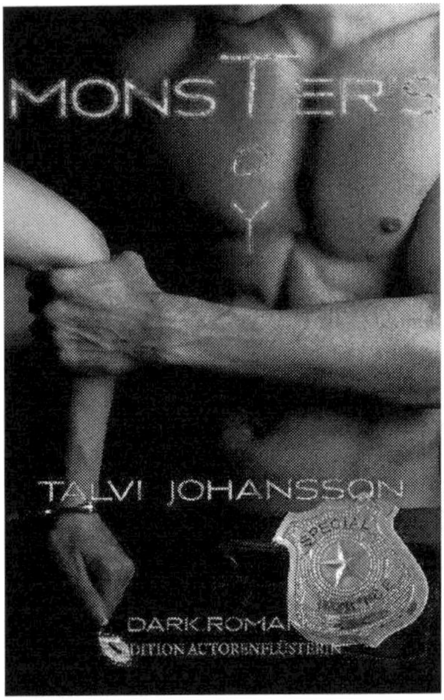


**Wer ist die Bestie?**

Als mein Bruder mich mit 15 Jahren an seinen Boss verkauft, tötet er jegliche Liebe in mir.

Als ein psychopathischer Sadist mich brutal der Unschuld beraubt und immer wieder meinen Körper zerreißt, zerbricht meine Seele endgültig.

Wird es womöglich der gebrochener Undercover-Cop sein, der mich entführt und nur nach Rache sinnt, der mich für immer zerstört oder bedeutet er gar meine **Rettung**?

Link: https://amzn.to/3kGLfBn

## Drei, Zwei, Eins, Meins

Von Olivia J. Gray

EINE AUßERGEWÖHNLICHE LOVESTORY MIT DARK ROMANCE ELEMENTEN!

**Mögen die Machtspiele beginnen!**

Die Universität in L.A ist meine private Spielwiese: unzählige reiche, gelangweilte Jugendliche auf einem Haufen!

Die Mädchen, so frisch und jung, sind willig oder werden willig gemacht!

Die Möchtegern-Männer sind alle kleine, nichtsahnende Nachahmer, die für ein wenig Spaß ihre Seele verkaufen!

Verbindungspartys, Drogen und S€x sind wichtiger als Treue, Loyalität oder Vertrauen.

Ich habe schon meine neue Schl@mpe für dieses Semester ausgesucht und das Beste daran: Sie himmelt mich an! Sie wird sich noch wundern, aber nichts und niemand kann sie vor mir retten.

**Wer ich bin? Hier bin ich Gott und nehme mir, was ich will und diesmal will ich SIE!**

TRIGGERWARNUNG:
Dieses Buch enthält explizite Szenen und Sprache. Für Personen mit traumatischen Erfahrungen ist es eventuell nicht geeignet.

Link: https://amzn.to/2MpUYPB

Printed in Poland
by Amazon Fulfillment
Poland Sp. z o.o., Wrocław

23383030R00133